RETOUR À REIMS

DIDIER ERIBON

回归故里

［法］迪迪埃·埃里蓬 著

王献 译

一

1

  多年以来，它于我而言仅仅是一个地名。父母在此安家的时候，我已经很久没去探望过他们了。只是出国旅行期间，我会时不时地给他们寄张明信片，来勉强保持这原本就无意维系的关联。当我在明信片上写下这个地址，我会自问，他们住在一个什么样的地方呢？不过向来止步于好奇，从未真正前往。当我和母亲进行每个季度一到两次（时常次数更少）的通话时，她总是问我："什么时候回来？"我闪烁其词，以太忙为借口，并保证过一段时间就去探望。其实我无意履约。从家里逃出来之后，我没想再回去。

  直到最近，我才初识这个叫米伊宗（Muizon）的地方。如我所料，这是一个"城镇化"的可笑案例——一片被耕地包围的城乡结合部。经过数年的变迁，这类地区发生了某种质变，我们不知该称其为乡村，还是城郊。后来我知道，在20世纪50年代初，这里的居民还不超过50人，那时人们住在一个教堂周围，这座教堂最初建于12世纪，在几乎摧毁法国东北部的数次战争中幸免于难。在东北部——这个被克劳德·西蒙[1]

---

[1] ［法］克劳德·西蒙（Claude Simon）:《植物园》（*Le Jardin des plantes*）（巴黎: Minuit, 1997），页196—197。

称作拥有"特殊身份"的区域,城市和乡村的名字起得像"战役""兵营""轰炸突袭",或者"大型公墓"的近义词。今天,这里有超过两千居民,聚居区一边是"香槟之路",不远处便是一片种满葡萄的山坡,小路蜿蜒而上。另一边,是死气沉沉的工业区,属于兰斯郊区,离小镇大约15到20分钟车程。街道是新建的,路边的房子一栋挨一栋地排列着,都一个模样。这些住宅大多是社会福利房,租户都不是什么有钱人,或者干脆说是穷人。在过去将近20年里,我的父母住在这儿,我却从没来过。直到母亲将父亲转移至一家阿尔茨海默病疗养所(之后父亲没再离开过那里),我才来到这个"村子"(能怎么称呼这个地方呢?)和他们的小屋。母亲尽可能地延迟这一天的到来,但面对父亲带来的威胁(一天,他拿着菜刀追着她跑),满身疲惫和恐惧的母亲终于屈从于现实:再没有其他办法了。父亲一走,回乡探望,更准确地说是完成我过去未能下决心完成的回归之旅,变得切实可行。我可以重新找回这片"自我的空间"(热内[1]会这么说),这个我曾极力逃离的地方:一片我曾刻意疏离的社会空间、一片在我成长过程中充当反面教材的精神空间,也是无论我如何反抗,依然构成我精神内核的家乡。我回到家,看望母亲。我开始与母亲和解。或更准确地说,与自己和解,与从前一直拒绝、抵制、否认的那部分自己和解。

接下来的几个月,我多次回到母亲身边,她对我讲了许多话。关于她自己,关于她的童年、青少年,关于她作为人妻的生活……她也提到我的父亲,以及他们的初识、他们的关系、

---

[1] 让·热内:法国作家,代表作《小偷日记》《鲜花圣母》《玫瑰奇迹》等。
——译者注

他们所经营的生活、他们曾操持的职业。她滔滔不绝，想把一切都倾吐给我。她似乎有心要把失去的时间找回来，把早年间交流缺失引起的哀伤一下子都抹掉。我坐在她对面一边听，一边喝咖啡。当她回顾自己的生活时，我认真聆听；当她事无巨细地讲述孙子们，也就是我侄儿们的各种琐事时，我感到困倦和无聊。我从没见过他们，也不大关心。我和母亲之间重新建立起联系。我内心的某种东西被修复了。我意识到这些年我的疏离给她带来多大的打击。她为此受尽苦头。这疏离对于我，这个主动逃离家庭的人，又意味着什么？根据弗洛伊德对"忧郁"（对于自己排除掉的可能性及拒绝接受的身份，产生一种无法逃避的哀悼）的图解，我难道不是正通过另一种方式，接受着我所排斥的自我身份的惩罚吗？这身份一直在我体内存活着，它就是我身体的组成部分。那些我曾经试图逃离的东西，仍然作为我不可分割的一部分延续着。或许在这里使用社会学的概念比使用精神分析学的概念更加合理，因为"哀悼"和"忧郁"这样的比喻虽然简洁，但存在不妥之处，且具有误导性：即使我们成年之后所处的生活环境相较童年时的环境发生了变化，即使我们极力排斥过去，童年的生活轨迹以及社会化的方式依然会持续地发挥作用，因此，回到过去的生活环境（也就是我们曾离开的环境，此处应进行广义上的理解），总是一种指向内心的回归，一种重新找回自我的过程，包括我们主动保留的那部分自我以及我们否定的那部分自我。在这个过程中，一些东西浮现脑海——我们希望已经摆脱、但又不得不承认它们造就了我们的个性的那些东西，即徘徊于两种身份认同时所产生的不安（这两种身份之间的差距如此巨大，看似无法相融，但又时时刻刻共存于我们体内）；借用布尔迪厄（Pierre

3

Bourdieu）[1]那漂亮而有力的说法来描述,就是一种"分裂的习性（habitus clivé）"所引起的忧郁。奇怪的是,当我们试图超越,或者至少是安抚这种情绪时,原本分散而隐蔽的不安感反而会不可抑制地浮现出来,忧郁感也会倍加强烈。事实上这种感觉一直存在,只是我们在特定的时间发现或者说再发现了这些深藏于内心且不断对我们施加影响的感觉。但我们真的能超越这种不安感、压抑这种忧郁情绪吗?

这一年的12月31日,午夜刚过,我给母亲打电话祝她新年快乐,她对我说:"医院刚打过电话。你父亲一小时之前去世了。"我并不爱我的父亲。从没爱过。我当时知道,父亲只能活几个月了,病情加重后就只有几天了,可我没有去见他最后一面。再说,有什么用呢,他已经认不出我了。其实我们互不相认已经很久了。在我少年时期,我们之间就存在着一道鸿沟,随时间推移,鸿沟不断扩大,以致后来我们形同陌路。没有什么能让我们保持联系。至少我这样认为,或者我很希望这是真的,因为当时我相信人可以脱离自己的家庭,摆脱自己的过去,切断与父母的联系,从而自己创造一个新的自己。

听到这个消息,我觉得这对母亲来说是个解脱。当时父亲的身体和精神状态每况愈下,回天乏术。病情不可逆转地恶化,他无论如何无法再康复了。在医院,父亲只有两种状态,要么痴呆症发作,疯了似的与医护人员折腾,要么在药物作用下（显然,在狂躁期过后,医生会给他开药）陷入长期的昏沉,不说话,不动,也不会吃饭。无论如何,他失去了对任何

---

[1] 皮埃尔·布尔迪厄,法国著名思想家。——译者注

事物和人的记忆：这对于来探望父亲的姑姑们（其中两个姑姑因为害怕，来过一次后就再没来过）和我的三个兄弟来说是个挑战。而我的母亲，即使需要开车20公里，依然坚持照顾他。这种牺牲精神令人惊叹，因为据我所知，母亲对父亲只有夹杂着厌恶与仇恨的敌对情绪（从我记事起一直是这样）。说厌恶和仇恨毫不夸张。但她把照顾他当作自己的责任。当我问母亲，为什么在父亲认不出她的情况下还坚持每天来医院探望，她重复道："我总不能扔下他不管吧"，这种照顾已经成为母亲自己一个人的事了。她在房门上贴了一张他俩的照片，她总是拿给父亲看："你知道这是谁吗？"他回答："这是照顾我的女士。"

两三年前，得知父亲生病时，我曾经陷入很深的焦虑。噢，可不是为了他——况且对他来说已经太迟了，他的病没有激起我的任何感觉，连同情都没有。我很自私地担心着自己：这种病会不会遗传？我有一天也会生病吗？我开始试着背诵那些烂熟于心的诗词和悲剧情节，来检测自己是不是还记得："梦，那个残酷的夜晚的梦，色非斯，对于整个民族，这是一个永恒的夜晚……""看那里，果实、繁花、叶子和树枝／再看这里，是我的心……""这样属于自己的空间，无论膨胀还是萎缩／就在这无聊中流淌……"只要忘掉一句诗，我就心里想："得，开始了。"此后，这种焦虑一直困扰着我：只要我忘记一个名字，一个日期，一串电话号码……我就立刻被焦虑笼罩。我到处寻找犯病的征兆；我对它们既期待又恐惧。在某种程度上，我的日常生活从此被阿尔茨海默的幽灵所纠缠。这个来自过去的幽灵向我展示着未来，我惊恐不已。这就是父亲去世之后继续存在于我身上的方式。对于一个去世的人,以这样的方式存在于他儿子的头脑中(正是病魔将要侵袭的地方),有些奇怪。拉康在一次他的"讲座"(Séminaire)中说得极好,他说,父亲去世之后,下一代(至少是儿子)会感受到一种焦虑:在通往死亡的道路上,他成了孤独的排头兵。而阿尔茨海默病在这种对自身的焦虑上还增添了每天都要面对的恐惧:我们留心着各种线索,并将它们解释为犯病的征兆。

但我的生活不单单被未来的阴云所笼罩:它也被我个人的历史所纠缠。我的父亲,代表了我想要抛弃、远离的一切,他充当着我心中典型的负面社会形象,在我努力重新塑造自己的过程中作为反面教材存在着;他的离世,也让我的过去浮出水面。他去世后的这些天,我开始回顾我的童年、少年时光,也重新思考为什么我如此憎恨这个刚刚离世的人;他的消失,以及这种消失给我带来的那些始料未及的情绪,让我想起那么多我以为自己已经忘记的画面(但也许,即使我有意识地排斥这些记忆,我还是一直明白,这些记忆从未消失)。可能你会对我说,所有对逝者的哀悼都会引发生者对自己的思考,更何况逝者是自己的父母,这种现象十分普遍,它本身也是哀悼的组成部分。但在此刻,这样的思考显得有些奇怪:在哀悼父亲的过程中,我渴望理解他并通过他的逝世理解我自己,这种渴望甚至超过了悲伤之情。此前,我多次经历过更加强烈而深切的悲痛——密友们的去世,但当这些主动结成的朋友关系突然断裂,我并没有因此在脑中编织起过去林林总总的日常生活。通过选择而结成的关系之所以牢靠、有力,原因在于关系中的主角强烈渴望保持这段关系,所以一旦关系断裂,就会引起崩塌之感;而我与父亲的联系,对我来说只有生理和法律上的意义：他生了我，我继承他的姓氏，再无其他。当我读到罗兰·巴特（Roland Barthes）在书中记录他母亲的逝世所带来的绝望之情如何一天天打击着他，以及这种难以抑制的痛苦如何改变了他自己时，我在想，父亲逝世给我带来的感受和这种痛苦、绝望之间有多大的差距。他写道，"我不是在哀悼，我在伤痛[1]"，来表达他拒绝在至亲逝世后用精神分析的方法来观察自己。对我来说，父亲是什么呢？我也可以像罗兰·巴特一样，说我不是在"哀悼（en deuil）"〔参考弗洛伊德"工作（travail）"的概念，即最初的痛苦不断消退的精神过程〕。但我也并未感受到那种无法消除的、并不随时间推移而削减的哀伤。究竟是一种怎样的感觉呢？更准确地说是不安，对于个体的社会化、社会阶层的分离、社会环境在主观视角建立过程中所起的决定性作用、个体的心理状态、人与人之间的关系的追问（这种追问既是对自身的，也是政治层面的，两者不可分割）给我带来的不安。

我没有参加父亲的葬礼。我不想和兄弟们见面，已经三十多年没联系了。如今我只能从米伊宗家里到处摆放着的照片上认出他们。我可以从这些照片上看到他们的样子，看到他们的外貌发生了怎样的变化。但是在相隔这么多年后，以什么样的方式再见面呢？尤其是在父亲刚刚去世的情况下。面对彼此，我们可能会想："他的变化真大呀……"并且拼命地在对方身上寻找昨天的影子，或者说许久以前的影子，也就是当我们还是少年，还是兄弟时的样子。第二天下午，我去陪母亲，我们

---

1 ［法］罗兰·巴特：《哀悼日记》（*Journal de deuil*）（巴黎：Seuil，2009），页83。

坐在客厅的椅子上聊了几个小时。她拿出一个装满照片的小箱子，里面有几张我童年和少年时的照片……还有我兄弟们的照片……于是我重新审视（难道他们的样子尚未印刻在我的血肉和头脑中吗？）这个我曾经生活过的工人阶级家庭，重新看到他们可悲的样子，这种可悲体现在照片背景中的居所、房间的内饰，以及他们的衣着，乃至身体中。相较于观看现实中活生生的他们，观看老照片似乎更能让我们立刻把眼前的人物看作社会体和阶级成员，这个过程总是令观者恍惚。而照片作为"纪念品"，还可以轻松地把个人（也就是此刻的我）带回到他原来的家庭，并将他与曾经扮演的社会角色捆绑起来。浮现在老照片上的私人生活情节，甚至是隐私，将我们重新带回到那个曾经从属的、小小的社会空间，它让我们时时刻刻意识到自己所属的阶级；在这个过程中，那些最为个人化的、最基本的社会关系却让我们意识到自己在整个社会的历史样貌中所处的位置（就好像个人的历史总是无法脱离社会的历史与形态；这部分我们曾置身其中的社会历史与形态，是我们体内最深层的真相之一，虽然我们未必能清醒地意识到它的存在）。

2

在我将这次久违的回归之旅付诸实践之后,有一段时间,我不断地被一个问题所纠缠。在父亲葬礼的第二天,也就是我和母亲共度下午,翻看照片的时候,这个问题以更加清楚、具体的方式浮现在我的脑海:"我曾经写过很多关于统治机制(mécanismes de la domination)的作品,但为什么从来没将社会统治(domination sociale)作为主题呢?"还有:"我曾着力研究人在屈从(assujettissement)和主体化(subjectivation)过程中产生的羞耻感,但从没研究过社会压迫带来的羞耻感,为什么?"我甚至应该这样表述:"在定居巴黎之前,我因为自己所处的社会阶级内心充满羞耻,来到巴黎之后,我结识的人们来自完全不同的社会阶层,在他们面前,我向来羞于承认自己的出身,有时,我或多或少地在这件事上撒谎,为什么我从未在我的书或者文章中对此有所提及?"可以这样讲:对我来说,讲述性取向带来的羞耻比讲述社会阶级带来的羞耻要容易。如今,似乎只要涉及性向问题,人们高度重视对"歧视是如何产生的"以及与之相关的"否认还是昭示自己本来的身份"这些问题的研究,甚至连一些当代政治领导人都会时有提及,但若是涉及社会底层阶级受到的不公待遇,类似的观点很难在公共讨论中获得哪怕一点点支持。我想知道为什么。对于年轻的同性恋人士,通过逃往大城市或者首都的方式来获得保持同性恋身份的机会是相当典型而普遍的做法。我在《关于同性恋问题的思考》(*Réflexions sur la question gay*)一书第一章中对于这一现象的讨论(就像本书的第一部分一样)可以被看作一部用历史研究与理论研究的方式所书写的变相自传,或者也可以说,是以私人经验为基础所书写的历史与理论作品[1]。但这部"自传"是不完整的。我还可以在反思自己整个人生轨迹的基础上进行另一种历史与理论的研究。因为我在20岁时选择离开我生长的地方并定居巴黎,同样代表着一次社会身份的逐渐蜕变。所以,不夸张地说,我的出柜经历,也就是我承认并肯定自己的同性恋取向的过程,正好与我走进另一个社会牢笼(如果可以这样形容)的经历相重合,所谓另一个社会牢笼,即另外一种形式的乔装打扮,另外一种性格分裂,或双重意识(与众所周知的隐藏同性恋倾向的方式相同:对自己的行踪含糊其词,极少数了解内情的朋友也都守口如瓶;用几套不同的说辞应付不同的谈话对象和情境;不间断地克制自己,包括自己的动作、语调、表达方式,以免透露出什么,以免"出卖"了自己,等等)。在完成了几部思想史方面的作品(尤其是两本关于福柯的著作)后,我开始将创作矛头转向压迫与屈从的主题,我选择根据我作为同性恋的经历进行创作,对那些性少数人士所受到的歧视和侮辱进行反思(这些人在我们所生活的这个社会中受到了怎样的侮辱),然而却选择无视另一种可能性:存在于我身体之中的某种东西,它可能并应该让我

---

[1] [法]迪迪埃·埃里蓬:《关于同性恋问题的思考》(巴黎: Fayard, 1999)。

将关注点放在阶级关系、阶级统治，以及平民阶级对自身的阶级归属和阶级地位的主体化过程这些问题上。无疑，在创作《关于同性恋问题的思考》、《少数派道德》(Une morale du minoritaire)或者《反叛者》(Hérésies)的过程中，我并不是没有意识到这些问题的存在。但这些作品过于野心勃勃，以致超出了作品本身有限的研究框架。我试图在这些作品中对人类的羞耻感进行概括式的书写，并在此基础上，建立一套关于统治与反抗、屈从与主体化的理论。这也就是为什么在《少数派道德》(副标题为"对于让·热内理论的延伸")中，我试图将热内、茹昂多(Jouhandeau)[1]和其他几个作家的性歧视理论，以及布尔迪厄的社会歧视理论，鲍德温(Baldwin)[2]、法农(Fanon)[3]和夏穆瓦佐(Chamoiseau)[4]的种族和殖民歧视理论相融合。不过这些不同方向的研究在我的论证过程中只是作为论据而出现，引用的目的在于让人了解在性取向方面成为少数派意味着什么，会给人带来怎样的后果。我试图通过调动其他研究方向中使用的方法，来扩大我的研究所覆盖的范围，然而，这些援引的理论毕竟只能充当次级论据和补充论据——它们时常需要扩展及其他论据的支持。就像我在英文版《关于同性恋问题的思考》的前言中提到的那样，我试图将皮埃尔·布尔迪厄建立的阶级"习性"概念移植到性的领域：个体在融入社会的过程中，在社会规则的约束下习得某种阶级"习性"，那么

---

1 马塞尔·茹昂多，法国作家，同性恋者。——译者注
2 詹姆斯·鲍德温，美国黑人作家、散文家、戏剧家和社会评论家。——译者注
3 弗朗茨·法农，法国马提尼克作家、散文家、心理分析学家、革命家。——译者注
4 帕特里克·夏穆瓦佐，法国马提尼克作家。——译者注

在社会上通行的性规则的约束下,是否也会习得某种性"习性"?如果说,要回答这个问题显然需要将阶级"习性"和性"习性"两个概念进行比较、关联的话,我在书中只探讨了性方面的主体化,而未研究阶级主体化的问题[1]。

回到兰斯后,我就不停地思考这样一个问题(我一方面不断提醒自己这个问题的分量,一方面又在否定它,在我的写作中不断否定,也在我自己的生活中不断否定):我进行理论研究的基本观点(也是我对于自己过去及现状进行思考的基本框架)是,我之所以与家庭决裂必然是因为我的同性恋取向,以及我父亲的、我成长环境中充斥着的憎恶同性恋心理;但同时,我是不是在用这样一种看似高尚而无可争辩的解释,来回避这个问题:"我是不是因为想要脱离自己原本所处的阶级才离开家的"(与归因于同性恋的解释一样可能是真实的)。

在生活中,作为移居城市的同性恋者,我遵循着一条典型的轨迹:进入新的社交圈,通过深入同性恋圈子学习属于同性恋的生活方式,并由此建立起对自己同性恋身份的肯定;同时,我还经历了另外一条社会意义上的轨迹,即人们通常形容的"阶级的叛离",而我毫无疑问是个"叛徒",内心充斥着一种持续或间断、有意或无意的渴望,渴望远离自己童年及青少年所处的那个社会阶级。

---

[1] 这篇前言的法文版被收录在我的文集《反叛者——关于性向理论的研究》(*Hérésies. Essais sur la théorie de la sexualité*)(巴黎,Fayard,2003)中。英文版见《屈辱与同性恋的成长》(*Insult and the Making of the Gay Self*)(达勒姆:杜克大学出版社,2004)。

当然，我在精神上依然属于我少年时成长的那个世界，因为我永远也无法在情感上认同统治阶级的价值观。每当听到有人用鄙夷或事不关己的态度评论底层人民的生活方式和言谈举止时，我就感到不适，甚至憎恨。我毕竟是在这样的阶级里长大的。对于群众的游行抗议、罢工运动，有钱有势的家伙们总是表现出不满，每当见到这样的情景，我会本能地感到憎恶。即便我万分努力地想要通过改变自己与原来的阶级脱离关系，工人阶级的本能依旧存在。但是也有例外，有几次，面对这种以阶级歧视为基础的世界观、人生观，及在其引导下所发出的充满仇恨与轻蔑的言论，我没有予以还击；我的回应恰恰相反，时常与尼赞（Paul Nizan）笔下的安托万·布卢瓦耶很相似：尼赞在书中描绘了他父亲的形象，原本属于工人阶级，后来跻身资产阶级行列，每当如今的同僚对工人阶级出言不逊，他仍然觉得自己也连带着受到了攻击："如果不贬低自己曾经的身份，怎样参与这样的讨论呢？[1]"每次我用消极的词汇"贬低"自己的童年，就会有一种无声的自责或迟或早地笼罩在心头，从来如此。

然而，我和我曾经所属、并在绝望之下奋力抽身的世界已经相隔万里。我得承认，虽然感到与人民斗争的关系格外密切，虽然在翻阅1936—1968年大罢工资料时内心充满政治理念与情感上的归属感（这种归属感让我激动到发抖），但在内心深处，我仍然排斥工人阶级，实际上我也在践行这种排斥。"被动员的阶级"或者说"可以被动员的阶级"是理想化、甚至是英雄主义化的概念，它与构成这一阶级的，或者说有可能构成

---

[1] ［法］保罗·尼赞：《安托万·布卢瓦耶》（*Antoine Bloyé*）（巴黎：Grasset, 1933），《红色系列》（*Les Cahiers Rouges*），2005，页207—209。

这一阶级的一个个真实的人完全不同。我越来越不喜欢自己与过去的以及现在的劳动阶级之间的直接关联。初到巴黎时，我还保持着看望父母的习惯，他们当时还住在兰斯的廉租房[1]，也就是我少年时期居住的地方（几年之后他们才搬至米伊宗）；有时，我还拜访住在巴黎的外祖母，当父母时不时来巴黎看望她时，我们就一起吃饭。每次我和父母坐在一张饭桌上，我就会感觉到一种难以捉摸和形容的不适：他们说话行事的方式与我重新跻身的这个阶级差异巨大，他们会在每段谈话中肆无忌惮地表现出一种肤浅的种族主义，以致让人奇怪为什么所有话题都一定能和它扯上关系。这种经历对我来说像服苦役，它让人越来越难以忍受，以至于我得让自己变成另外一个人。当读过安妮·埃尔诺（Annie Ernaux）关于她的父母及他们之间"阶级差距"的作品后，我清楚地意识到在那张饭桌上我经历了什么。她在书中完美地解释了这种不适感，即当我们离开家庭和以前的世界（无论如何我们依然属于它们）许久之后"重回"父母身边时，我们会感受到一种抽离感，无论是在家还是在我们新融入的世界，这种抽离感都会伴随我们。

老实讲，就在这种感觉出现几年之后，我便再也不能忍受它了。

所以说，我有两段相互重叠的经历。这两段重塑自我的经历相互依存、不可分割：从性规则以及社会规则的角度看，我都改变了自己。但是涉及写作，我选择将前者，也就是关于性取向歧视的部分作为研究目标，而非后者，即社会压迫的部

---

[1] HLM，一种地方政府建造，以低房租提供给低收入者的楼房。——译者注

分。而我采取理论分析这一写作方式，更是十足的背叛。也就是说我的写作只融入了我部分的经历，而我另外一部分经历则很少，或者说完全没有出现在我的作品中。

　　我不仅在现在的生活中选择以这种方式进行自我定义和主体化，也选择以同样的方式看待我的童年和青少年：我曾经是这样一个同性恋男孩，一个同性恋青年，而不是工人的儿子。可事实并非如此！

3

"这是谁？"我问母亲。"这是你父亲呀，"母亲说道，"你不认识他啦？可能是你太久没见他的缘故。"事实上，我确实没认出他，这是父亲去世前不久拍的。照片上的这个人骨瘦如柴，蜷缩着，眼神已经涣散，一副行将就木的样子；我需要反应好久，才能把这个瘦弱的躯体与脑中父亲的形象联系在一起，也就是那个令我生厌、整天大喊大叫、愚蠢而暴力的人。我意识到，父亲在去世前的几个月，甚至前几年，他就已经不再是那个我憎恨的父亲了，而变成了这个可怜的人：一个被衰老和病魔击垮的、羸弱而无害的、失势的家庭统治者。这时，某种不安将我侵袭。

在重读詹姆斯·鲍德温关于他父亲去世的一段文字时，我注意到一件惊人的事。他讲到，当知道父亲已经病重时，他仍然尽可能地拖延着不去看望父亲。对于这一行为他评论说："我给母亲的解释是我憎恨父亲，但这不是真的。真相是，我'曾经恨'他，我希望将这种憎恨保留下去。我不想看到他现在衰弱的样子：这不是我憎恨的那个父亲。"

他的这段解释让我更为震惊："人们如此地执着于自己对

他人的憎恨，我猜原因之一便是，他们知道一旦憎恨消失，痛苦就会袭来[1]。"

对我来说，与其说是痛苦（因为对父亲的憎恨消失时我并未感觉到痛苦），不如说是一种进行反省的迫切欲望，我不可抑制地想要回溯时光，试图理解为什么对我来说与父亲之间的交流如此艰难，以至于我几乎不认识他。当我试着思考这个问题时，我发现我并不了解父亲。他想些什么呢？对，就是这个问题，他对这个他所立足的世界抱有怎样的想法？他如何看待自己？如何看待他人？他如何理解生活中大大小小的事件？如何看待自己的生活？尤其是我们的关系，这段越来越紧张、越来越疏离，最后完全泯灭的关系？不久前我了解到一件让我惊讶的事：有一天父亲在电视节目里看到了我，他竟感动地哭了起来。看到自己其中一个儿子获得了自己难以想象的社会成就，他激动坏了。我曾经以为父亲是个十足的恐同分子，然而在电视上看到我之后，他竟然表示不在乎邻居和村民们第二天会怎么评论，他说如果有必要，他会竭力维护我，他将我看作他自己和家里人的骄傲。那天晚上，我在电视节目中介绍了我的书——《关于同性恋问题的思考》，考虑到第二天可能会收到村民的评头论足和讽刺挖苦，他对我母亲说："要是有人敢胡说八道，我就扇他个大耳光。"

我从没和他聊过天，从来没有！他做不到（至少跟我做不到，我对他也一样）。现在惋惜这一切已经太迟了。但如今我有太多问题想要问他，不只为了写这本书。说到这里，鲍德温还有一句话让我吃惊："他去世了，我发现我从来没和他交流

---

[1] ［美］詹姆斯·鲍德温：《土生子札记》（*Notes of a Native Son*）（1955）（伦敦及纽约：Penguin Book，1995），页98。

过。他死后不久，我开始后悔。"他在书中讲述了他父亲的历史，他父亲是第一代自由民（他的奶奶出生在奴隶社会），他说："父亲很骄傲自己是黑人，但这同时给他带来许多羞辱，也让他的人生桎梏重重。[1]"在意识到这些后，鲍德温如何才能原谅自己曾经抛弃家庭，背叛亲人？他母亲不理解他的出走，不理解他为什么要到离家那么远的地方生活，先是为了融入文学圈去了格林威治村，然后去了法国。对他来说留在家乡可能吗？当然不可能！他必须出走，必须离开哈莱姆（Harlem），因为他的父亲是个老顽固，对于文化和文学抱有一种固执的敌意，而且家里的气氛总是令人窒息……只有离开，他才有可能成为作家，才能过上自由的同性恋生活（他在书中探讨了作为黑人，以及作为同性恋意味着什么）。然而，"回家"的渴望最终战胜了一切，虽然是在父亲去世之后（事实上这是他的继父，但他从小被继父养大）。在这篇致敬父亲的文章中，他试图真正了解这个他曾经厌恶和摒弃的人，他期望通过这样的方式完成，至少是开始这趟精神"回归之旅"。也许，在踏上这条历史与政治的精神之旅后，他有一天可以重新接受自己的过去，不仅理解自己，还可以接受这个自己。于是我们能理解，在潜心思考过这些问题后，他在一档采访中承认道：拒绝回归，便是拒绝自己、拒绝"生命"本身[2]。

---

[1] ［美］詹姆斯·鲍德温：《土生子札记》（*Notes of a Native Son*）（1955）（伦敦及纽约：Penguin Book，1995），页 85—86。
[2] "To avoid the journey back is to avoid the Self, to avoid *life*"〔詹姆斯·鲍德温：《对话》，页 60，由弗雷德·L. 斯坦利（Fred L. Standley）和路易·H. 普拉特（Louis H. Pratt）编辑，出版于杰克逊，密西西比大学出版社，1989〕。所有相关内容请参看大卫·利明的著作《詹姆斯·鲍德温：一本传记》（纽约：Alfred A. Knopf，1994）。

如同鲍德温对于父亲的思考，我终于意识到，我父亲身上那种我所排斥和厌恶的东西，是社会强加于他的。他原本就安于自己工人阶级的身份，后来他地位有所提高，于是更加骄傲，即便这种提高非常有限。但工人身份也带给他无数的羞辱，并让他的生活局限得可怜。这一身份还让他处于一种难以逃脱的愚蠢之中，这种愚蠢使他难以与他人形成良好的交往。

虽然与鲍德温处境完全不同，但和他一样，我确信父亲所生活的环境对他来说是个巨大的负担，这种负担会让生活其中的人受到极大的精神损害。父亲的一生，包括他的性格，他主体化的方式，都受到他所生活的时间和地点的双重决定，这些不利环境持续得越久，它们的影响就越大，反之，它影响越大，就越难以被改变。决定他一生的因素就是：他生在何时、何地。也就是说，他所生活的时代以及社会区域，决定了他的社会地位，决定了他了解世界的方式，以及他和世界的关系。父亲的愚笨，以及由此造成的在人际关系上的无能，说到底与他个人的精神特质无关：它们是由他所处的具体的社会环境造成的。

就像鲍德温的妈妈那样，我母亲对我说："他毕竟为了养我们操劳了一辈子。"然后她放下自己对他的不满，对我讲述父亲的故事："对他别太苛刻了，他这辈子不容易。"他出生在1929年，是一个大家庭的长子：他的母亲一共生了12个孩子。今天我们难以想象一个女人承担如此繁重的家庭义务：12个孩子呀！这些孩子中，两个是死产胎儿（或者是早夭）。还有一个，是在1940年德军轰炸时的大撤退过程中出生的，就生在马路边：他精神失常了，或许是因为脐带没有及时剪断，或许是因为在轰炸中我的祖母为了保护他带他跳进了沟里，或许只是因为缺乏新生儿所需的照料——我不知道家人所保留的这些不同版本的记忆中，哪个才是真的。我祖母一辈子都把这个孩子留在身边。因为这样就可以领取社会救助金来养活这一家子，我过去总是听到这样的解释。小时候，这个伯伯经常吓着我和弟弟。他总是流口水、嘟嘟囔囔地表达着什么，总是向我们伸着手，想得到一点点关注，或者试图表达自己的感情，但得到的永远只有我们的疏远，或者叫喊和恐吓。如今想起自己的行为，我总觉得羞愧难当，但当时我们只是不懂事的孩子，而他一个成人，却要被人称作"疯子"。战争期间，父亲一家子得离开他们生活的城市，也就是我们说的"逃难"。这场逃难让他们远离家乡，来到朗德省（Landes）的米米藏小镇（Mimizan）边上的一片农场。他们在这儿过了几个月，停战协议一签，便回到兰斯。法国北部被德国占领了（我出生在战后，但当时家里仍然用"鬼子"来称呼德国人，他们对德国人心怀怨恨，这是一种极强的、显然无法平息的恨。直到1970年，甚至之后，我们还经常在饭后大声宣称："鬼子一定连这个都吃不上！"我承认，我也曾经这样说过几次）。

1940年，父亲11岁。在整个德国占领期间，也就是直到父亲十四五岁时，都由他到城镇附近的村子里去找吃的来养活家人。无论春夏秋冬，风霜雨雪。香槟地区的冬天异常寒冷，有时他要骑着自行车到20公里远的地方去弄土豆或者其他口粮。他几乎要负责所有家务。

后来他们搬到一处宽敞的住房（我不确定是在战争期间还是战争快结束的时候），住房位于一个建于1920年代的社区，是专门为平民大家庭建造的。20世纪初，某个天主教工业集团急匆匆地建立了一批住宅项目，目的是改善自己工人的住宿条件，父亲家的住房便是其中之一。兰斯城由两部分组成，一边住着大资产阶级，另一边住着贫穷的工人，两者之间边界清晰。一些爱好慈善的资产阶级团体一直担心工人们糟糕的生活环境，以及这种环境带来的不良后果。对于出生率下降的担忧彻底改变了人们对于"多人口家庭"的看法：19世纪末期，改革家和人口学家将"多人口家庭"看作社会混乱和少年罪犯的制造者，而在20世纪初，人们担心人口的减少会让法国在与敌对国家的抗争中处于弱势地位，多人口家庭成为改变这一状况的关键所在。多人口家庭虽然在过去饱受马尔萨斯主义者的中伤，但如今，主流的言论（无论是左派还是右派）开始鼓励和抬高他们，从而也就会支持他们。鼓励生育的论调催生了一批城市化项目，这些项目的意义在于保证作为新生法国顶梁柱的这一群体拥有体面的住宅，而更好的居住环境也可以改善资产阶级改革者一直担忧的这一恶劣情形：工人家庭的孩子们因为住房条件太差而走向街头，变成不受管制的小混混和无良少女[1]。

被这些新兴的政治与爱国主义理念所激发的香槟区资产阶级慈善家建立了一个团体，专门致力于建造低成本的"兰斯之家"，建造那些专门为超过四个孩子的家庭设计的，干净、健康的住宅。这种住宅有三间卧室，一间父母住，一间男孩住，一间女孩住。房屋内没有浴室，但是有自来水（大家得排着队挨个在洗菜池前洗漱）。当然了，这些计划不仅关注住户的身体卫生状况，精神健康一样重要：要鼓励他们生育，要让他们

---

[1] 相关内容请参看：[法]维尔日妮·德·吕卡·巴吕斯：《多人口家庭——一个人口学问题、一个政治杠杆（1880—1940）》〔*Les Familles nombreuses. Une question démographique, un enjeu politique（1880—1940）*〕（雷恩：雷恩大学出版社，2008）。以及[法]雷米·勒努瓦：《家族精神谱系》（*Généalogie de la morale familiale*）（巴黎：Seuil，2003）。

崇尚家庭，要让这些工人远离手枪和酗酒。这一举措也不乏政治层面的考量。资产阶级害怕工人们在家庭之外的一些社交场所进行社会主义和工会的宣传，于是希望通过这一方式来扼制这种现象，就如同1930年代他们曾采取同样的方式，希望使工人们免受共产主义的影响。这些资产阶级慈善家想象，幸福的家庭生活可以让穷人们将生活的重心从政治抗争、集会、社会运动转向他们自己的家庭。1914年，战争中断了这些项目的实施。而在法国东北部，尤其是兰斯地区，在经历了四年末日般的岁月后，这里的一切又需要重建（1918年在兰斯，于这座"烈士之城"拍摄的照片展示了惊人的场景：满眼望去，大片大片的碎石堆中矗立着几处残垣断壁，只有主教堂和圣雷米大教堂幸免于难，虽然受到了严重的损坏，但在枪林弹雨过后仍然矗立，只受到部分损毁，仿佛这个不怀好意的上帝设法在这块人类历史的集结地周围画上了保护圈）。在美国人的帮助下，城市规划师和建筑师迅速在废墟之上建立起一个崭新的城市，并在城市周围设计了著名的"花园城"，这里的房屋具有"当地特色"（我觉得实际上是阿尔萨斯式），有单独建造的，也有连在一起的，都有自己的花园，都坐落在宽阔的街道两边，街道上每隔一段距离就有一个布满植物的小广场[1]。在"二

---

1 参看：
［法］阿兰·科夏－莫拉纳：《兰斯，一个住房改造实验室——花园社区的花园城》(*Reims, un laboratoire pour l'habitat. Des cités-jardins aux quartiers-jardins*)（兰斯：CRDP香槟阿登，2005）。
［法］德尔菲娜·亨利：《绿色街道——1919—1939年的兰斯花园城，一个大众标志性杰作》(*Chemin vert. L'oeuvre d'éducation populaire dans une cité-jardin emblématique*)（兰斯：CRDP香槟阿登，2002）。
［法］戴尔芬娜·亨利：《花园城——老故事、新观念》，CRDP Champagne-Ardenne网站：http://www.crdp-reims.fr/ressources/dossiers/cheminvert/expo/portail.htm。

战"期间或战后,我的祖父母就在这样的新城安置下来。我小时候,也就是1950年代末60年代初,慈善家们最初的美好设想渐渐褪了色:由于管理不善,我的祖父母和他们最小的几个孩子所居住的这片兰斯之家"花园城"开始破败,城中居民的贫穷和悲惨处处可见,并不断侵蚀着花园城。这是一个问题重重的地区,事实上,这里滋生了很多社会问题。统计数据显示,这一居住区的青少年中有相当一部分走上了违法乱纪的道路,即使是在今天,在那些社会分化以及城市化过程中形成的类似区域,情况依然如此——面对这种固化的历史问题,我们怎样可以无动于衷?我父亲的其中一个兄弟做了小偷,蹲了监狱,最后被"禁止居住"在兰斯;有时候,他会悄悄地趁天黑时回家看望父母,或者问兄弟姐妹们要钱。在很长一段时间内,我都没机会见到这位伯伯,也渐渐淡忘了他的存在,直到母亲告诉我,他最后流落街头,死在了路边。这位伯伯年轻时是一名海军(他在完成了规定的服役期限后仍继续服役,但后来因为行为不端——打架、偷盗,等等——被海军开除了),他穿水手服的照片就摆在祖父母家餐厅的橱柜上,当我第一次读到《布雷斯特之争》(*Querelle de Brest*)时,那张照片上的脸浮现在我的脑海。从更宏观的角度讲,这里大大小小的犯罪行为已经成为一种惯例;阶级敌人通过国家法律无时无刻不在行使着他们的权力,平民阶级则用犯罪的方式顽固地抵抗着这种压迫。

出生率提高了,天主教资产家们最初的期望实现了,他们在平民阶级中鼓吹的"道德规范"得到了响应:祖父母的邻居中,有14、15个孩子的家庭并不少见,最多的达到21

个,我母亲对我保证这个数目是真实的,但我还是觉得难以置信。不过法国共产党也开始兴起了。入党的情况比较普遍——至少对于男人是这样,而妻子们,虽然同意丈夫的观点,但与实际的抵抗运动以及"小分队"保持着距离。然而不入党也不会妨碍这种政治归属感的扩散和延续,这种本能的归属感与一个人属于怎样的社会群体密切相关。他们把共产党直接称作"党"。我的祖父、父亲和伯伯们——就像我母亲的继父和同母异父的兄弟一样——会组团参加全国领袖定期举行的公共集会。他们在每一场选举中都把选票投给共产党候选人,并咒骂社会党是假左派,咒骂他们的妥协和背叛,但出于对现实情况的考虑,或者对不可逾越的"共和国准则"的敬畏,他们在第二轮投票时依然会一边抱怨一边给社会党投票(但在这一时期,共产党候选人依然是最具号召力的,投票给社会党的情况并不多见)。"左派"这一表达方式内涵颇丰,它代表着对自身利益的维护以及勇于发声。人们不仅要通过罢工和游行来表达自己,还要将自己的诉求委托给"工人阶级的代表"和政治领导人,人们会接受所有代理人做出的决定,也会积极地附和代理人发出的言论。要成为政治主体,就要将话语权交给某个发言人,通过这种方式,"工人阶级"得以作为一个整体而存在,也成为一个拥有自我意识的群体。"党"着力在人们意识中建立的、在政治团体中传播的一套世界观,在很大程度上塑造了工人们看待自己的方式、价值取向,以及对外界秉持的态度。所以投票对于他们来说是一个非常重要的集体肯定自我、肯定自身政治分量的方式。当人们在公布竞选结果的晚上发现仍然是右派获胜时，就把怒气发泄在"黄色"工人[1]身上，抱怨他们将选票投给"戴高乐派"从而损害了工人阶级的利益。

如今，人们对于共产党在工人阶级中的蔓延唏嘘不已，并不是指它所有的影响，主要是针对从20世纪50年代开始到70年代末这个阶段。因为工人阶级没有公共发言权（我们是不是从来没想过让他们拥有这项权利？他们有什么途径可以获取发言权？），我们就更可以对工人阶级在这一时期的行为大加责难，所以，今天我们需要重新定义这一历史时期对于工人阶级的意义。对他们来说，加入共产党并不意味着他们希望在法国建立一个像苏联一样的政府。而相关的"外交"政策就离他们更遥远了，对于工人阶级中的女性来说尤其是这样。虽然他们从未在交谈中探讨过关于苏维埃社会主义共和国联盟和美帝国主义的对立，但只要选择了共产党，就自然而然地站在了苏联的一边。苏联红军对多个法国的友好国家发动军事行动这一事实让大家困惑不已，但人们选择对其避而不谈。1968年，苏联武装入侵捷克斯洛伐克之后，收音机里正播放着布拉格发生的骇人事件，我问母亲："出什么事了？"母亲草草地打发我："这不关你的事……真不知道你为什么对这个感兴趣……"毫无疑问，她和我这个15岁的孩子一样困惑，无法回答我的问题。事实上，他们之所以认同共产党所提倡的价值观，是因为他们有着更直接、更具体的诉求。吉勒·德勒兹（Gilles Deleuze）在他的《吉勒·德勒兹的ABC》中提到，"左派"就是"首先感知整个世界"，"关注未来会发生的事"（他们认为第三世界的问题比自己所居住的小区中的问题更为紧迫），

---

[1] 反对罢工的人、罢工时工作的人。——译者注

而"非左派"则相反，会把关注点放在他们所生活的社区以及国家上[1]。德勒兹的解读与我父母的情况刚好相反：对于平民阶级、工人阶级，投靠左派首先是因为他们想要改变自己每天都要遭受的不公待遇。这对他们来说是一种抗议，而不是建立在一个宏大观念之上的政治规划。他们只关心自己身边的事情，而不会关注离自己非常遥远的问题，这种遥远既是空间上的，也是时间上的。虽然他们把"应该好好地革命一番"这句话经常挂在嘴边，但这句话只说明他们想要改变自己的生活条件以及让他们难以忍受的不公待遇，而不是重新建立一种政治体制。对他们来说，有一股神秘的力量在催生着一切（"这都是注定的"），似乎只有"革命"（人们不会思考如何以及何时何地发动革命）才能对抗那些罪恶的力量（用一种神秘力量对抗另一种神秘力量），也就是右派、有钱人、大人物等——那些给"穷苦人""和我们一样的人"带来许多痛苦的家伙们。

我的家被分成两派，一派支持工人，一派反对工人，或者说，根据大家对于一个问题的不同看法，分为"捍卫工人利益的人"和"对于工人阶级立场无动于衷的人"。我听到过无数次反映这种政治观点的话语。要么是"我们"或者"支持我们的人"，要么就是"他们"[2]。

那么后来，谁来担任"党"曾经担任的角色呢？谁能让这些被剥削的穷苦人感觉到有人替他们说话、支持他们？他们可以依靠谁来获得政治和文化方面的主体身份呢？谁又可以让他

---

1 [法]吉勒·德勒兹："左派（Gauche）"，收于《吉勒·德勒兹的ABC》（*L'Abécédaire de Gilles Deleuze*）DVD，Montparnasse 出版社，2004。
2 关于平民阶级使用"我们"及"他们"来划分社会成员这一问题，请参看：[英]理查德·霍加特：《穷人的文化》（*La Culture du pauvre*）（巴黎：Minuit, 1970），页177。

们对自己的身份感到自豪（自豪是因为他们的存在合理合法，而合理合法的原因是他们如此强烈地要求如此）？或者更简单地说：谁在乎他们是谁，如何生活，想些什么，需要什么？

每当我的父亲观看电视新闻时，他总是对右派和极右派表现出本能的敏感。1965年，总统竞选期间，以及1968年五月风暴期间及之后，他一边坐在电视机前听蒂克西埃-维尼昂古尔（Tixier-Vignancour），也就是法国传统极右势力的典型代表人物讲话，一边发火。当蒂克西埃对巴黎街头飘动的共产党红旗大加指责时，我父亲怒气冲冲地说："红旗是属于工人阶级的。"而后，看到吉斯卡尔·德斯坦（Giscard d'Esteing）在电视上展现给所有法国民众的大资产阶级气质，和他做作的举止、夸张的演讲方式，父亲又觉得自己受到了攻击和冒犯。他还经常对政治类电视节目的记者们骂骂咧咧，但当有操持着工人口音的斯大林派共产党人为默默无闻或被正统体制所排斥的人打抱不平时，父亲会觉得很高兴，他认为他们可以代表他的想法和感受，他们是一些在今天很少见的、敢于打破既定游戏规则的人（因为政治领导人们和大部分知识分子几乎都已经屈从于媒体的霸权了），他们说出了工人阶级真正面临的问题，而不仅仅是在政客的诱导下掩盖这些真正的问题。

4

我还记得祖父母家后面的花园。这花园不大，园子周围是一圈栅栏，栅栏外边是邻居家的花园，每个花园都一模一样。花园边上有一个小棚屋，就像大多数街坊邻居一样，祖母在里面养了些兔子，每天用草和胡萝卜喂饱它们，而后，在某个周末或者节日，它们会出现餐桌上。我的祖母既不会写字，也不识字。让别人帮她读或者书写行政信件时，她几近要为自己的无能道歉："我是文盲。"她重复着，语气中没有愤怒，没有反感，只有认命。这种对于现实的屈从渗透在她每个动作、每句话中，也许就是这种屈从，让她可以忍受自己的境遇，就如同接受不可避免的命运一样。我的祖父是木工，他在一家家具制造厂工作。为了干点小活儿补贴家用，他也在家给邻居做些家具。不仅有许多社区里的人来找他做家具，社区之外也有他的顾客，他为了养家不停地工作，几乎没有一天休息日，可以说他是因为劳累过度而去世的。他得喉癌去世时54岁（那个时代，很多工人会得喉癌，因为他们每天会抽相当多的烟。父亲的三个兄弟同样是年纪轻轻就得了喉癌去世，另外一个兄弟死得更早一些，是因为酗酒），当时我还小。当我长大一点时，祖母很惊讶我不抽烟，并说道，"抽烟的男人才健康"，她并不知道正是这种观念让她家里灾祸不断。因为身体憔悴，祖母在丈夫去世十几年后便离世了，这无疑是因为过度劳累：为了养家糊口，她62岁时还在办公楼里打扫卫生。有一年冬天，她晚上走在回家的路上（她最后的住所是一套公租房，这是一套非常小的两居室），踩在马路的薄冰上滑倒了，头撞在了地上。她没能恢复，几天后就死了。

无疑，花园城是一片被社会遗弃的空间，正是在这里，父亲度过了生我前的青年时代，我和弟弟度过了一部分我们的童年时光（主要是学校放假期间）。与市中心或者高级社区相比，这里就是穷人的集结地。当我重新回想时，我意识到这个地方和我们今天所说的"城"没有任何关系。这是一个水平形状而非垂直形状的住宅区，没有高楼和塔尖，任何1950年代末，尤其是60、70年代产生的新兴事物，都不会在这里出现。这一点让这片城市边缘地带充满人情味。虽然这里名声不好，很像少数族裔聚居区，但居住其中不乏惬意。工人阶级的传统，尤其是他们特定形式的文化和聚集方式，在这里得到了延续和发展。就是在其中一种传统的交往方式——周六晚上的平民舞会中，我的父母相识了。我母亲住在离这不远的郊区，她和外祖母及外祖母的伴侣一起生活。她和父亲，就像当时所有平民阶级的年轻人一样，喜欢娱乐活动，喜欢享受社区舞会带来的乐趣。今天，这类舞会几乎只在圣诞节前夕和国庆节举办了，但在当时，它们几乎是周末唯一的娱乐活动，也是仅有的与好友会面、结交异性、寻找性伴侣的方式。情侣们在这里分分合合，有时他们的关系也会延续下来。当时我母亲喜欢一个男孩，但他想和她睡觉；我母亲并不想这么做，她害怕自己怀孕，假如他因为不想当父亲而抛弃她，这个孩子就会成为孤儿。她不想让孩子再次忍受她自己经历的一切，这太痛苦了。于是她的心上人离开她，选择了另外一个女孩。她遇到了我的父亲。她从来没爱过他。但她有自己的逻辑："如果不选他，就要继续找……"她想赶紧独立，只有婚姻能让她实现独立，因为如果不结婚，就要等到21岁才能算作成年人。另外，我父亲也需要达到这个年龄才能结婚：因为祖母不想让他离开家，她希望父亲可以继续把工资交到家里，她想尽可能地延长这一状态。父亲年龄一到，就娶了母亲。母亲当时20岁。

当时，父亲做工人（最低级的工人）已经很久了。当他初入这一行当时，只有14岁（7月末学校课程结束时，他立刻开始工作，当时他还差3个月才满14岁）。这一工人身份构成了他的人生底色，也是他的视野所能触及的唯一领域。工厂就是他的归宿，父亲也别无他念，一切都显得自然而然，随后，他的兄弟姐妹们也都陆续进入工厂。对于那些社会地位与父亲一样的孩子，情况总是如此，过去是这样，现在也是这样。自从他出生，这种社会模式就一直支配着他。这种我们只能称之为"再生产（reproduction）"的社会运行机制与定律让父亲无处遁形。

父亲在接受完初等教育之后就结束了学业。再者，没有人认为他可以继续学习，他的父母这样认为，他自己也这样认为。在他的生活环境中，人们只上学到14岁，因为14岁之前接受的是义务教育，之后就不是了。情况就是如此。离开学校并不算什么丑事，相反，我记得，当义务教育的规定年龄延至16岁时，我的家人非常愤怒，并重复道："如果孩子们不喜欢上学而是想工作，干吗还把他们捆在学校里？"他们从来没想过，对于学习是否有"兴趣"这件事可以因人而异。学校淘汰学生往往会通过学生的主动放弃来实现，仿佛学生辍学是一种自主的选择——长期读书这个选择属于别人，也就是"有办法的人"，还有"喜欢"读书的人。他们拥有的可能性——这里说的是可以想象的可能性，甚至不是实际的可能性——被他们的阶级地位严格限定着。仿佛不同社会空间之间有一层几乎不可逾越的障碍。这些界限将社会分为不同层次，每个层次中的人对于自己可能达到的高度以及可以追求的目标有着截然不同的想象：他们知道，有另外一种可能性的存在，但那存在于一个无法靠近的、遥远的世界，所以即使他们知道自己无法获得某种被其他社会空间中的人视作理所应当的东西，他们也不会有被剥夺和被排斥的感受。社会秩序就是如此。我们很难发现这套秩序是如何运行的，因为这需要人们从外部观看自己，用俯瞰的方式了解自己和他人的生活。就像我所经历的那样，我们需要从界限的一边跨越到另一边，来摆脱那些既定的轨迹，来发现不同的人所拥有的可能性与机会是如此不同，来发现社会是多么不公平。这种不公从未改变：平民阶级在特定年龄辍学的问题已经不存在了，但不同阶级之间的屏障依旧存在。这也就是为什么所有把"行动主体的观点"和"行动主体对于自身行为意义的解读"作为自己研究出发点的社会学家和哲学家，其实就是充当了某种具有欺骗性的社会关系（社会主体在自身欲望的驱使下通过具体行动维系着这种关系）的速记员，因此，他们无非是在为社会秩序的延续做着贡献：一种致力于为现实（既有的秩序）辩护的意识形态。只有摒弃"社会个体会自动地审视自身"这种认识，我们才能在重新建构整个社会体系的基础上,描述社会秩序延续的机制,尤其是被压迫者自愿承受压迫的方式(对于他们无法获得的教育机会,他们选择主动放弃)。一种理论的力度和价值,恰恰在于它不满足于记录行为主体行动的目的,而是相反地,致力于让某些个体或者群体通过完全不同于以往的方式看待自己和自己的行为,进而改变他们行事的方式和身份。我们需要摆脱认知中深藏已久的等级观念,以及概念架构的条条框框,进而摆脱这些等级观念和条条框框所造就的社会惯性,才能拥有新的世界观和政治观念。

人们在社会中的发展轨迹早已描绘好,一切变得毫无悬念!在人们尚未意识到这种轨迹的存在时,判决就已生效。我们出生时,宣判结果就被烙印在我们的肩上,而我们未来的社会地位,被先于我们诞生的因素决定和限制着,这些因素便是家族的历史以及我们出生时所处的环境。我的父亲甚至没有机会考取初等教育证书(le certificat d'études primaires)——初等教育证书对于平民家庭的孩子来说代表着学业的圆满完成。资产阶级家庭的孩子们遵循另外一条轨迹:11岁时,他们进入中学。而工人和农民的孩子则继续留在初等教育的级别,直到14岁毕业离校。两种教育方式泾渭分明,一种致力于教授实用型基础知识(如读、写、算),这些知识对于维持日常生活必不可少,也足够让人应付体力工作;另外一种是为特权阶级准备的,它教授那些"非应用"型知识——只是一些非常简单的文化知识,但人们担心这些东西会让工人变坏[1]。初等教育证

---

[1] 参考:[法]弗朗辛·穆埃勒·德里福斯:《教育工作者》(Le Métier d'éducateur)(巴黎: Minuit, 1983),页46—47。

书就代表一个人已经获得基础应用型知识（其中还包括零星的"法国历史"知识——国家历史上那些带有神秘色彩的国家纪念日，以及一些"地理"知识——法国省份的列表以及它们的首府）。对于平民阶层，也就是这项考试所针对的阶层，获得初等教育证书并不容易，人们会为自己取得证书而骄傲。参加考试的人中只有一半能够成功。还有相当一部分人，在达到法定年龄之前就已经在一定程度上离开了学校，这些孩子甚至不会参加这项考试。我父亲就是如此。后来，父亲为了稍微提升一下自己的社会地位，每天结束工作后去"夜校"上课，进行自学。有段时间，他梦想着自己可以成为制图员，但他很快就向现实妥协了。我猜，他没有成功是因为缺少必要的信息资源，而且在工厂工作一整天后，也很难专心学习。他被迫放弃了自己的幻想。他一直留着几张大网格纸，上面画满图表、图示（是练习时画的草图吗？），他有时会拿出它们看看，也会给我们展示，然后重新放进抽屉的底层，再次尘封自己已故的梦想。父亲不仅仅是持续做着工人，而且要做"两次"工人：我还很小的时候，他每天很早就要出门，在一家工厂工作到中午之后，下午快结束时再去另外一家工厂工作几个小时。母亲也尽可能地帮忙养家，辛苦地做着清洁工和洗衣工（当时还没有洗衣机，或者说有洗衣机的人家很少，帮别人洗衣服可以挣到一点钱来贴补家用）。后来父亲在1970年失业了好长时间，母亲就开始到工厂工作，但在父亲找到工作后，母亲依然没有辞职（我今天明白，母亲坚持在工厂工作是为了我能够参加中学毕业会考，考入大学。但我当时从不这样想——或者说我把这种想法压制在了意识深处，虽然母亲经常对我说，我原本需要承担起赚钱养家的任务）。我父亲经常说"在工厂工作不是女人该干的事"，因为他认为这证明他无法单独供养自己的家庭，有损他作为男性的体面，但他只能妥协接受他的妻子成为一个"女工"的事实，并接受"女工"这一词汇所携带的所有贬义：话语粗俗、不知廉耻，甚至是乱性的女人，总之，就是不正经的女人。这种资产阶级对于走出家门、与男工人一起工作的平民阶级妇女的看法，许多工人阶级的男性是认同的，他们并不想丧失这每天几个小时对配偶的掌控，因为妇女的解放会给他们带来夹杂着羞耻的恐惧。安妮·埃尔诺在谈到自己的母亲时说，她母亲年轻时在工厂当工人，并且想要保持一个"严肃"的女工形象。但是她与男人们一起工作这个事实就足以让她失去她所渴望的"女孩应该有的样子"。对于年纪大一些的女性来说，情况也是相同的：她们从事的职业足以使她们名誉尽失，无论她们是否像人们猜测的那样过着自由的性生活。在这种观念的驱使下，父亲经常在下班时间到工厂旁边的咖啡馆去，试图碰到偷偷在那里寻欢作乐的母亲。但母亲并不去这家咖啡厅消遣，也不去别的咖啡厅。她每天买完东西就回家做饭，就像所有出去工作的妇女一样，她每天要干两个人的活儿。

很久之后，父亲的地位终于有所提升，即便不算社会地位的提升，也算是在工厂内部的提升，他从最初的纯劳力，渐渐变成熟练工人，最后成为工长。他不再是工人了，他领导工人。或者更准确地说，他组织大家干活儿。对于这个新身份，他抱有一种天真的骄傲，他感到自己变得更有价值了。当然，我当时觉得他很可笑……即便在很多年之后，每当我因为要获得某个行政文件必须提交出生证明（上面写有父亲最初的职业——非技术工人，以及母亲最初的职业——清洁女工）时，仍会羞到脸红,当时的我无法想象,他们竟然那么渴望提升自己的生存条件,虽然这种提升在我眼里算不上什么,在他们眼里却了不得。

我父亲从14岁开始在工厂工作,被迫提前退休(没有人征求他的意见)时56岁,我母亲也在同一年退休,当时她55岁;工业生产系统无耻地将他们消耗殆尽后便抛弃了他们。对母亲来说,离开如此严酷的工作环境算是幸运——那种严酷是没有经历过的人无法想象的,那里的噪音、酷热以及日复一日的机械动作可以慢慢侵蚀掉最强壮的肌体。他们已经精疲力竭了。母亲缴纳社保的年份不长,因为她作为清洁女工的那些年没有算入工龄,因此,她能领取的退休金也相应减少了,这使得他们的家庭收入大幅缩减。退休后,他们尽可能地改变自己的生活方式。比如说,在父亲原来所在工厂的员工委员会(comité d'entreprise)的帮助下,他们增加了出门旅行的次数:他们曾周末去伦敦旅游,还在西班牙或是土耳其待过一周……他们并不比以前更相爱,只是找到了一种妥协的方式,两个人都习惯了对方,这种模式如此固定,以至于只有死亡才能将他们最终分开。

我父亲喜欢在家修修弄弄,他对自己在这方面的才能很是骄傲,就像他对所有体力工作所持的态度一样。他一在家干零活就高兴得很,他把他所有的闲暇时间都用来干这个,那些精良的做工便是他的热情所在。我上高中一年级或二年级时,他曾经用旧餐桌给我改造过一个书桌。他会搭橱柜,也会修理家里所有有毛病的东西。而我,什么手工活儿都不会做。我之所以心甘情愿地保持这种无能的状态——我本来也可以和父亲学着干活不是吗？——是因为我竭尽所能地让自己变得不像他，让自己成为和父亲所拥有的社会形象完全不同的样子。后来，当我知道一些知识分子也喜欢干零活时，才发现人们可以一边喜欢读书写字，一边享受体力劳动带来的乐趣。这项发现给我带来极大的困惑：就好像过去一直指导我认知和实践的原理——那个从根本上二元对立的、以此为基础建构了整个世界（实际上只建构了我自己）的原理——突然变得不再稳定，因而我的性格都要开始被质疑了。相似的情况也会发生在体育方面：过去，每当我身边有人在电视上看足球比赛，我整个晚上都会在厌恶中度过，因为我把自己定义为知识分子，并且十分努力地想要成为一个知识分子；如果我的朋友喜欢在电视上看体育节目，我一定会深感困惑，因为这颠覆了我过去深以为然，且对我影响很大的价值观。体育、体育文化，是男性之间唯一的共同爱好（女性的共同爱好有很多），还有许多类似的事实，我要一边怀着蔑视或者类似的态度，一边在内心牢记它们应该被给予很高的评价。我需要一些时间来打破这些桎梏（它们使我成为我今天的样子），并在我的精神和现实世界中重新导入那些我曾经排斥掉的维度。

我小的时候，父母骑轻型摩托车出行。送我们时，他们就把我和哥哥放在为儿童设计的后座上。这是很危险的。有一天，父亲拐弯的时候在石子路上滑倒了，哥哥也摔断了腿。1963年，他们试着考了驾照，买了一辆二手车（这是一辆黑色的Simca Aronde，母亲给我看过好几张我12、13岁的照片，照片上的我倚在这辆汽车的前盖上）。母亲比父亲先通过了驾驶考试。因为父亲觉得让妻子坐在驾驶员的位置而自己坐在旁边太不光彩了,所以父亲有段时间是无证驾驶的。当母亲说这样太危险,并且想要自己开车时,父亲几乎气得发疯(而且出言不逊),他认为驾驶座是属于他的。随后,事情又会回归常轨:依旧是父亲开车(即使他喝了很多酒,也不愿意让母亲开车)。自从买了车,我们经常在周末去城市周边的树林和草场野餐。至于夏天,我们当然不会去度假,我们没有条件。我们只能去大区内的城市旅游,比如南锡、拉昂、沙勒维尔等地,这样的旅途不会超过一天。我们曾经越过与比利时的边界,那里有一个叫布永(Bouillon)的城市(人们喜欢将这个名字与十字军东征时的将领——布永的戈弗雷联系在一起,而我更喜欢将其与齐里亚的歌剧《阿德里亚娜·莱科夫露尔》中伟大、非凡的人物布永王妃联系在一起)。我们会到城堡观光,买些巧克力和纪念品。我们不会去更远的地方了。许多年后,我才去过布鲁塞尔。我们甚至还去过一次凡尔登,我记得那次阴森恐怖的杜奥蒙墓地之旅,那里埋葬着一战时在凡尔登战役中阵亡的士兵,之后我做了很久的噩梦。我们也会去巴黎,去看望我的外祖母。每当我们在巴黎遇到堵车,父亲的坏脾气就会大爆发,他跺脚、讲粗话、大声叫嚷,但我们不理解他为什么会这样生气,于是母亲就会和他吵起来,她无法忍受他的"逞能"——母亲这样称呼。在路上也一样:当父亲走错路或者错过岔路口,他就会开始高声叫嚷,好像我们会因为走错路而送命一样。但更多情况下,当天气不错时,我们会到马恩省的边界处、香槟区乡镇的附近,在那儿钓上好几个小时的鱼——这是父亲最大的爱好。他在那儿像变了一个人,他变得和孩子们亲近了:他教我们钓鱼的动作和基本技巧,帮我们调整钓鱼方法;我们一整天不停地评论着今天的状况，"今天好钓"，或者"今天不好钓"，然后我们会寻找原因，将其归因于炎热、雨天，或者月份太早、太晚。有时候我们和叔叔、婶婶，还有他们的孩子一起去。晚上，我们吃自己钓的鱼。我母亲把鱼洗了，沾上面粉，放进锅子，然后我们就可以享受炸鱼的美味了。但我很快就觉得这一切太过无聊，我想要读书，而不是将大把大把的时间花在监视水面上的软木塞振动与否。同时我开始讨厌所有与钓鱼相关的文化和社交方式：用半导体播放音乐，和偶遇的人们进行无趣的交谈，明确的男女分工——男人们钓鱼，女人们织毛衣、阅读带插图的小说、照顾孩子或者做饭……后来我就不再陪他们钓鱼了。为了重新塑造自己，我首先需要否定这些东西。

二

1

我母亲出生时,她的母亲还不到17岁。那个"诱骗"她的男孩子也不会比她大多少。当外祖母的父亲发现自己的女儿怀孕,就把她赶出了家门,"和你的私生子离开这儿!你们两个会下地狱的!"他对她大叫。于是她就离开了家。不久之后,她收留了自己的母亲(我不知道原因,但可能是因为她母亲不能忍受不再与女儿见面,于是离开了自己的丈夫)。这个年轻女人的情人也没有忍受多久(他们的公寓可能很小),他对她说:"你选,是你妈还是我。"她选择了自己的母亲;他离开了她,然后就杳无音信了。他只花了几个月的时间照看自己的孩子,在我母亲对他产生记忆之前,他就彻底地从她——这个私生女——的生命中消失了。不久之后,我的外祖母就和另外一个男人成立了家庭,并且和他又生了三个孩子。我母亲一直和他们住在一起,直到战争爆发,而这场战争永久地改变了母亲的生命轨迹。后来,母亲恳求外祖母告诉她那个未曾谋面的父亲的名字,她想知道他的下落,但外祖母总是说:"揪着过去不放没用的。"关于自己的父亲,母亲掌握的唯一信息就是:他长相帅气,当时是个泥瓦匠。再有就是,他是个西班牙人。"安达卢西亚人。"最近她肯定地对我说道。她乐于幻想自己的父亲是吉卜赛人，似乎这段自己编写的家庭浪漫史能让失去父亲带来的不良影响和痛苦变得可以忍受（她还在上小学时，有一次被例行问到关于父母的问题，她说她没有爸爸，老师笑着说：″每个人都有爸爸呀……″她把老师的话看作一种残忍的嘲讽，但事实并非如此；现在，她还会主动地向我们提起这段让她耿耿于怀的伤心事）。再说，这段吉卜赛传奇故事并非一定是假的。当我看到照片里15、16岁的自己：棕色皮肤、黑色长卷发，我就会想，这是因为我遗传了吉卜赛基因。几年前，父亲原先的工作单位组织旅行时，母亲和父亲一起游览了安达卢西亚。当客车靠近格勒纳德（Grenade）时，她激动到发抖，″太奇怪了，我都发抖了。″她对我讲道，″我不知道为什么会这样，但我猜一定是因为那里是我的家乡。另外，有一次我去餐厅吃饭，饭店里有一群玩吉他的吉卜赛人，其中一个坐到我身旁，对我说：′你也是个吉卜赛人。′″

  我对这种血统的神话并不热衷（我不理解它是怎样的一种关于基因流传的幻想，抑或是一种关于家族渊源的心理反应），但我意识到，母亲直到今天，一直在经受着自己没有父亲这件事的折磨，所以她通过拼凑现实的碎片，想象有一个西班牙存在于自己身体深处，它犹如一道阳光，带她逃离北方的阴霾以及她生命中的灰暗现实。她一辈子渴望的，不是财富，而是阳光、自由。如果她过去坚持上学，也许有机会获得这份自由。″我本来想做小学老师，″今天她说道，因为，″在那个年代，女孩子上完学，只能去做小学老师。″她的理想并不高远。即便这样，这一理想也难以实现。在她快上高中的时候（能达到这个水平，在她所处的环境中已经很少见了。她当时成绩优异，甚至还被允许跳级，在10岁就进入了本应11岁才能进入的六年级）[1]，全家必须离开他们所生活的城市：德军步步逼近，所有平民都被要求撤离。居民们被大汽车载着运往南方，留下的只有趁火打劫之徒和想要保护财产的人（我母亲是这样讲述这段灾祸的）。他们逃难到勃艮第（Bourgogne）的一个农场里。

他们待在那儿的那段时间，我的外祖母每天从早到晚从事农场劳动。孩子们也竭尽所能地帮忙，在院子里，或者家里面干活儿。停战协议签订后，所有人都回去了。外祖母在当地找到一份金属加工厂的工作，当人们开始寻找去德国工作的志愿者时，她报了名。于是她离开自己的伴侣，把四个孩子托付给一户当地人家。几个月后，她就不再寄钱了，这户人家把两个男孩和两个女孩送进了慈善孤儿院，那里专门收留孤儿和弃儿。对我母亲来说，进高中继续学习已经变得不现实。她考取了初等教育证书，这让她很骄傲（这一直让她很骄傲），不久之后，她就被安排去做佣人了。事实上，在孩子们长到14岁的时候，孤儿院就会让他们去工作，男孩们去农场（母亲最年长的哥哥就是如此），女孩们去做佣人。

母亲一开始在一户教师家庭做工，雇主一家都是好人，而且他们很喜欢母亲。母亲回忆起他们时充满感激：她在这户人家工作期间，他们资助她上速记课，希望她有朝一日可以成为秘书。母亲学得非常出色。她想继续学习，因为一年的学习并不足以让她从事这份工作，但孤儿院不允许女孩们在同一个地方工作超过一年，只要满一年，就要更换雇主。母亲再一次被迫放弃梦想。她一直作为女仆工作着。

做佣人并不容易，性骚扰几乎就是惯例。有好几次，雇用

---

[1] 法国学校的年级制度与中国不同，六年级相当于中国初中一年级，五年级相当于中国初中二年级，以此类推。——译者注

她的男主人试图和她幽会。因为她没有接受，第二天就被女主人打发走了，因为男主人对他的妻子说佣人勾引自己。甚至有一次，雇主的父辈对她动手动脚。她一下子躲开了，但忍住了抱怨，她不想再次失去工作并重新找工作。"没有人会相信我的。我就是一个可怜的小女工，而他是市里有钱的工厂老板。"母亲同意回顾这段历史时对我这样说道。我注意到，即使六十年过去了，谈起这段经历时，她前所未有地被一种冷酷而悲凉的愤怒所笼罩。她补充道："这种事情总在发生，但没人敢说。过去不比现在，女人们什么权利都没有……男人说话才算数。"十六七岁时，她已经了解了男人，所以当她结婚时，她并没有对男性，尤其是她要嫁的这个男人抱有任何幻想。

外祖母从德国回到法国后，回到她战前的伴侣身边，并且领回了她和他生的三个孩子，对她最大的女儿却不闻不问，甚至没有试着打听她在哪里、在做什么。但是母亲在战前的确和他们以及她两个同母异父的兄弟、一个同母异父的姐姐住在一起；战后母亲便开始住在她的雇主家里。母亲很想把继父看作自己的亲生父亲，她的继父是做煤炭生意的：每天坐在一辆马拉的货车上走街串巷，叫喊着"送煤嘞！送煤嘞！"，那些想要买袋装煤的人就从窗口喊他。战后，他依然做这份生意，只是马拉货车变成了小卡车。1946年，外祖母和他结婚时，没有邀请自己的大女儿参加婚礼，我母亲是从她同母异父的兄弟（她和兄弟还保持着联系）那里得到的消息。随后不久，因为母亲感到自己非常孤独不幸，所以还是决定去看望自己的母亲，尽管她对待她的方式如此恶劣（"她毕竟是我的母亲，而且我没有其他亲人了"）。但她的母亲并不在家，她带着自己的孩子去巴黎投靠她姐姐了。在巴黎，或者说在她居住的巴黎郊区，她似乎又开始了好几段艳遇。有一次，别人向我母亲这样描述她："她是个破坏家庭的女人。"后来，外祖母又回到兰斯，重新与丈夫生活在一起。我的母亲最后又和他们住在了一起：她18岁时，却在努力地回到自己母亲身边。她母亲接受了她，照她的说法是"重新收留"了她。我的母亲可以原谅一切。她很高兴又重新回到了自己的家庭，但她永远不可能完全忘记母亲对自己满不在乎的态度，即便是残酷的战争也不足以成为借口。相反的，50年后，当我的外祖母因为没法照顾自己而离开了她的小公寓（地处最贫穷的巴黎18区中央，在一条简陋的名叫巴尔贝斯的街道上）时，是我母亲为她在兰斯找到一间单人公寓并且承担起照顾她的责任。外祖母在她最后的日子里几乎已经失去行动能力，当她坚持要回巴黎度过晚年时，是母亲为她在巴黎安排了养老院。因为外祖母的收入不足以支付养老院的费用，社保又不负责报销，于是母亲和我一直承担着大部分养老院的费用，一直到外祖母去世。

一直以来，我完全不了解——或者几乎不了解——母亲在战争期间和战后的这段经历。在我的童年和少年时期，也就是1960至1970年间，我很喜欢我的外祖母。她当时住在巴黎（事实上，我印象中的外祖母总是住在巴黎，她喜欢这座城市；当她1950年彻底离开自己在兰斯的丈夫后，她坚持来到巴黎生活）。她的工作是门卫，工作地点在13区，一开始在帕斯卡尔街（rue Pascal），后来又到一条名叫阿勒斯（Halles）的窄巷工作〔那时叫作阿勒斯街，现在叫作蒂克东（Tiquetonne）街，很难找到了〕。再后来，她来到了一个更加富有的街区，在 12 区（泰纳街）。她一直在这里工作，直到她退休后搬去巴尔贝斯的公寓。她在这里与另外一个男人生活在一起，我总是叫他"外公"——事实上的家庭和血缘关系上的家庭并不如我们所想的那么一致，更不要说法律意义上的家庭了。"继亲家庭"并不是 20 世纪 90 年代才出现的新事物。在工人阶级的世界中，夫妻及家庭结构一直以来——在任何时代——都充斥着复杂、多样、中断、重组、多次重组等情况（姘居情侣、在多个家庭中交替生活的孩子，以及各自尚未离婚就开始同居的半路夫妻等类似情况屡见不鲜）。我的外祖母和她的新伴侣就从未结婚，而且她也没有与 1946 年嫁的这任丈夫离婚，他直到 1970 或 1980 年代才去世，但她一直没有与他再见过面。从少年时代开始，直到后来的很长时间，我都为自己"混乱"的家庭状况感到羞耻：在外祖母和母亲的年龄问题上，我会对别人撒谎，因为这样别人就无法计算出外祖母生母亲时只有 17 岁；当谈到我称之为外公的这个人，我会假装他是外祖母的第二任丈夫……社会规则会对所处其中的所有人施加影响，那些希望一切事物都"井井有条"、充满"理性"、符合"标准"的人便可以将我们自幼年开始习得的社会规范视为圣旨。我们通过对社会的学习、通过社会规则带给我们的拘束感（羞耻感）——也就是当我们成长的环境与法律、政治规定下的完美形象（这种形象在我们所处的文化环境中无处不在，它被当作唯一的可能性以及需要努力达到的理想状况，即便这套名义上的家庭规范并不符合实际情况）不相符时感到的那种羞愧——将这套社会规则深深地刻在我们的意识中。今天，如果有人试图将他自己对于亲密关系和家庭的定义强加于他人，或者用一套社会道德及法律准则来判断一个人的行为正确与否，再或者，将那些与现实脱离的、只存在于他们头脑中的保守而专横的价值观视为真理，我一定会非常反感；我之所以会有如此强烈的感受，很大程度上要归因于我个人的历史：过去，我曾因为这种价值观的束缚，将本真的自我视为脱离常规、不正常，以至劣等、可耻的。它无疑也解释了我为何对正常与否的判断标准如此不屑：将这套标准施加给我们的人（从根本上讲，他们确实为大众建立了标准），却是一群可以以正当名义"破坏"规则、享有非标准化待遇的人。如今，在经历过我所经历的一切后，我知道了用于判断正常与不正常的标准在相当大的程度上是相对的、人为的、可变的、与所处背景相关的，且两者相互交叠，总是非绝对化的……我还知道违反社会规则的人不单要时时生活在焦虑与痛苦之中，还很有可能为此遭遇身体上的折磨，因而就会强烈地渴望进入那个合理合法的、"正常"的世界（政府的强制措施之所以能生效，在很大程度上要归因于这种渴望[1]）。

我在1960年代认识的这个外祖父（我没有在外祖父二字上加引号，因为他的确是我的外祖父，理由在于，无论这个家庭是否符合社会秩序的制定者在法律上的规定，真正的家庭应该是人们主观选择的结果，而且应该是事实上的家庭），他的工作是擦玻璃。他每天带着自己的梯子和水桶，骑着摩托车，到街上给咖啡馆和商店擦玻璃，有时还要到离家很远的地方去工作。有一次，我在巴黎市中心的街上走着，他正好经过那里，

---

[1] 这也许解释了为什么在平民阶层，那些松散的、可变的道德标准与更加严格的道德标准可以共存。人们在行为上是灵活的，在意识形态上却是严苛的，这种状况让人们非常害怕别人关于自己的流言蜚语。

当他看到我，就在人行道边停了下来，很高兴跟我偶遇。而我却非常尴尬，害怕别人看到我和这个倚靠在奇怪挂车上的人站在一起。"和你说话的人是谁？"如果别人这么问我，我会怎样回答？此后的好几天，我心中萦绕着一种难以摆脱的负罪感："为什么我会排斥自己，为什么我不敢承认自己的身份？为什么我与资产阶级，或者说小资产阶级的来往让我对自己的家庭感到如此羞耻？在思想上、政治上，我宣称自己反对阶级分化，但为何社会阶级的概念如此深入我心？"同时，我抱怨自己的家庭出身："多么不幸，"我重复道，"生在这样的阶级。"我在这两种心情之间摇摆着，有时责怪自己，有时责怪他们（但他们对此负有责任吗？又是为什么而负责呢？）。我有一种分裂感，很不自在。我的信仰与我进入的资产阶级世界格格不入，我所秉持的社会批判理念与我本身的价值观相互违背，我甚至不能说这是我不得不接受的价值观，因为没有谁强迫我信奉它，我是自愿地接受了这种统治阶级的理念与评判标准。在政治上，我站在工人的一方，但我厌恶自己的工人出身。如果我不是平民家庭出身（我过去是工人家庭的一员，现在无论如何依旧是工人家庭的一员），那么我的"平民"立场就不会使我的内心如此纠结，也不会让我产生这样的精神危机了。

外祖父很喜欢喝酒（人们说他"很能喝"），在喝过几杯劣质红酒后，他就开始滔滔不绝，如同今天的郊区少年们那样妙语连珠，这是一种平民阶级展现口才的方式。他并非没有文化，他知道不少东西，而且，他想象中的自己比他本人更加见多识广，他在抛出自己的论断时总是斩钉截铁，从不妥协——

虽然他的论断常常是错误的。他支持共产党,就像资产阶级支持右派那样自然而然:这一政治归属在他出生时就已随基因嵌入体内。在我父亲还支持共产党的时候,他也是如此,或者说,即便他不再支持共产党,以这样或那样的方式,他仍然如此。"我们这些工人……"他说话时总是这样开头。外祖父曾经给我讲,有一天早上5点,他在圣日耳曼大街上骑着车去上班时,遇到一群刚从晚间聚会或者夜总会出来的资产阶级醉汉,他们对他嚷道:"可怜的穷鬼!"阶级对立这个概念对于他来说有明确的所指。他做梦都希望革命浪潮赶紧到来。定居巴黎后,我经常去外祖母家吃午饭,有时父母也从兰斯过来一起聚餐,偶尔还会带着我的两个弟弟。然而,如果我认识的人,或者我后来的同事知道了他们的住址,我就会感到十分羞耻。对于这个问题,我一向守口如瓶,如果有人问起,我要么回避,要么撒谎。

当时,我能感受到外祖母和母亲之间关系紧张,但直到外祖母去世,我才知道原因。母亲对我讲述了她过去一直或多或少隐瞒着的真相:战后,外祖母曾经抛弃她,使她成为孤儿……她此前从未对任何人提起过这段历史。她用自己在电视里听来的精神分析术语解释,"我下意识地回避了这个问题"。事实上,她一直都记得这些事,只是不愿提起,但同时又不禁时不时地影射这段历史(比如说,在我小的时候,每当我因为这样那样的事抱怨时,她就会愤怒地说:"你想进孤儿院是吗?")。同时,母亲还披露了另一段不堪的历史,让原本已经不大光彩的家族图谱显得更加灰暗,仿佛家族史是一连串羞耻制成的牢笼,一个套一个。这些丑事不仅难以对外人言说,就是在家庭内部，大家也讳莫如深。母亲是在她的兄弟向她解释他为什么没有承担外祖母的养老费用时才得知此事，他不仅提到了外祖母曾经抛弃我的母亲，还提到另外一些母亲不知道的事。几个月之后，外祖母去世了，母亲把这些事告诉了我。是否因为外祖母已经离世，母亲才觉得可以毫无顾忌地向我们和盘托出这些历史了呢？我开始重新审视我的外祖母，这个非同寻常的女人。虽然和蔼可亲，但她的目光与声调仍会透露出她的冷酷。也许她从未忘记那天的恐怖场景，有嘶吼，也许还有殴打；以及接下来的那几个星期，也就是她头发重新长出来的那段时间；还有后来，邻居们渐渐淡忘这件事，它最后变成了人们偶尔提起的流言蜚语。她喜欢"吃喝玩乐"。如果我没理解错母亲的意思，外祖母是一个自由的女人，她喜欢晚上出门，喜欢寻欢作乐，她身边的男人一个接一个，从来没想和某个人建立更加密切而长久的关系。她的孩子对她来说必然是一个累赘，而成为母亲对她来说也不是一个主动的选择，而是不得不忍受的命运。在当时，避孕措施尚未普及，而堕胎则可以把人送进监狱。她在战后就曾因为堕胎进了监狱。她被判了多久的刑期？我不知道，我母亲也不知道。男人当然可以随心所欲地放纵，但女人不行。在工人阶级中间，一定程度上的性自由无疑是存在的，至少可以说，以资产阶级的道德标准来衡量，这种性自由是存在的，于是这些想要以不同方式生活的人便被一些道德卫士称作放荡下流。而对于女性来说，选择自由的生活方式还具有危险性。

1940年，法国北部被德军占领，两国签订停战协议。之后发生了什么呢？当时27岁的外祖母，不仅主动到德国工作，据人们传言，她还与一名德国军官私通（不知是否真实）……

我试图想象她的处境：她想要活下去，想要有口饭吃，想要摆脱为生计发愁的悲惨生活。这名敌军军官是谁？她是否爱上了他？抑或，她只是想让自己的生活变得比原来好一点？这两种解释并不相互矛盾。她又是如何决定抛弃自己的孩子和丈夫的？我永远也给不出答案。就像我不知道她在接受自己行为的后果时，当她因此变成一个"衣衫褴褛"的"受害者"时，当她经历艾吕雅（Éluard）在一首著名的悲情忏悔诗中写到的"马路上发生的悲剧""剃发、殴打"[1]时，作何感想。

---

1 ［法］保尔·艾吕雅（Paul Éluard）:《了解谁想要》（*Comprenne qui voudra*），收于《赴德国人的约会》（巴黎: Minuit，1945）。

49

2

解放战争期间,外祖母与那些做事不计后果的人有着相同的遭遇。在经历这场玛格丽特·杜拉斯在《广岛之恋》中称为"仓促而愚蠢的正义行动""完完全全的暴行、蠢事"[1]的事件时(这一刻必定给她留下了永久的创伤),她是单独一人吗?抑或,像关于战后的纪录片中演的那样,一群女人被迫游街,一边走一边接受民众的谩骂、唾弃?我不知道。母亲没有透露更多信息,她说她只知道这些。她只是从兄弟那里得知这些残酷而赤裸裸的事实:他们的母亲被剃光了头发。在战败、被占领的时代过去之后,通过惩罚那些不守妇道的女人(的确如此的,以及被猜测如此的)并重新肯定男性对于女性的控制权,国家得以重振雄风[2]。

自此,每当我在照片上看到这些屈辱的场景(同时我知道,很多高层、资产阶级都参与了这场运动;他们既没有经受耻

---

1 [法]玛格丽特·杜拉斯(Marguerite Duras):《广岛之恋》(*Hiroshima mon amour*)(巴黎: Gallimard, "Folio", 1972)。
2 [法]法布里斯·维尔吉里(Fabrice Virgili):《雄赳赳的法国——解放时期被剃光头的女人们》(*La France "virile". Des femmes tondues à la Libération*)(巴黎: Payot, 2000)。

辱，其权力也未受到威胁，也没有遭到公众的暴力反抗），我就不禁感到疑惑：这张照片是在哪里拍摄的？我的外祖母就在她们中间吗？那些在人群中露出惊恐面容的人是否就是她的家人？她是怎样忘记这场景的？她花了多长时间才得以"走出永恒（sortir de l'éternité）"（仍然是引用杜拉斯）？当然了，我更希望她曾经是抵抗运动的成员，希望她曾冒着生命危险解救犹太同胞，或者仅仅是在德国工厂工作时暗中搞破坏，再或者是做过另一些我们可以为之骄傲的事情。我们总是希望拥有一个光辉荣耀的家庭，无论是哪方面的荣耀。但我们不能改变过去，我们至多可以思考：如何处理自己与这段屈辱史的关系？当我们不情愿地，同时无论如何不得不接受这段家族历史时，我们如何面对这骇人的过去？我尽可以安慰自己这些历史与我无关，因为我不久前才得知这些事（如果我很早就知道，我会怎样看待外祖母呢？我还敢和她聊天吗？当我问自己这些问题时，我感到异常沉重）。但这一系列事件——外祖母抛弃自己的孩子，定居德国，等等——如此深刻地影响了我母亲的生活，影响了她的个性、她主体化的方式，于是，也必然在很大程度上影响着我的童年，以及之后发生的一切。

于是母亲没能完成学业，直到今天，她还在为此感到痛苦。"这都是因为我母亲和我遭了厄运。"她以这样的方式解释一切不幸和苦难。她肩负这段个人悲剧，继续生活；她原本有机会摆脱命运的安排，但战争一下子击碎了她童年时期的梦想。她明白自己天资聪慧，所以从来没有真正接受这份不平等。这份灾难还使她无法奢望找到比我父亲更好的丈夫：阶级之间互不通婚的规律与教育制度中的规律一样强大，后者也是前者的原因。母亲深谙这些道理。她从来没有停止想象——直到今天依然如此——她本来可以成为一个"知识分子"并遇到一个"更聪明的人",但事实是,她是一个清洁工,她与一个工人组成了家庭,她的丈夫同样没有受教育的机会,他甚至不是一个心胸开阔的人。

她1950年与我父亲结婚,当时20岁。随后几年,他们生了两个孩子:哥哥和我。当时家里极其贫穷,如果不用几近悲惨这样的字眼来形容的话。为了不让情况更加糟糕,母亲决定不再生孩子,所以她无奈之下便去堕胎,我估计这样的事发生过好几次。他们当然只能求助非法堕胎机构,这类地方很危险,它们既没有合法资质,也没有适当的医疗条件。(我记得有一天,父母前往一个巴黎郊区的小镇——奥尔日河畔的瑞维西,准备出行时,全家都被一股悲凉的气氛所笼罩,上路以后,母亲脸上写满焦虑,父亲沉默不语。到达巴黎后,他们把哥哥和我留在外祖母家里。几小时后他们回来了,母亲对外祖母低声嘟囔了几句,说一切顺利。哥哥和我当时还很小,但奇怪的是,我们知道他们在做什么,抑或是我后来了解事情原委之后,重新对当时的情景进行了想象?)不过父母后来又生了两个孩子,分别比我小8岁和14岁。

他们结婚后不久,母亲就开始厌恶父亲,这种持续不断的厌恶表现在母亲与父亲吵架时经常叫喊、大声摔门、往地上扔盘子,更根本地讲,这种厌恶几乎渗透在他们共同生活过程中的每分每秒。他们的关系就像一出永无止境的家庭闹剧,除了用最恶毒、最伤人的话语攻击对方,他们似乎没有能力用其他方式交流。有几次,她想要离婚,并咨询了律师。律师劝她在最终判决下达之前不要离开家,因为她这样做会把错误揽在自己身上(抛弃家庭),这可能让她失去孩子的抚养权。她担心父亲在知道了这件事后对她使用暴力,担心在这段漫长而价格不菲的诉讼过程中,父亲会让她在几个月甚至几年的时间里过着"地狱般的生活"。她还担心自己没法单独应对这一切,而且她也不希望自己的孩子因此失去什么,于是放弃了。生活继续:争吵、大喊大叫、相互谩骂就像从前一样继续着。对另一半的憎恶上升为一种生活模式。他们的相处模式与斯坦利·卡维尔所讲的"对话式夫妻"刚好相反,或者可以说,他们是一对奇怪而可悲的"对话式夫妻"。

然而,如果我们单单使用女性主义的观点来看待这个问题,就难以看到完整的事实(女性主义可以让我们看到并理解许多事物,因而,也就可以成为某种我们认识事物的障碍)。我的母亲也很暴力,也许比父亲更甚,据我所知,他们唯一一次打架是母亲让父亲挂了彩。她拿起做汤要用的电动搅拌器朝父亲的胳膊打了上去,造成父亲两处骨裂。她对这次动武很是骄傲,讲到这件事时,她好像在描述一场自己获胜的体育比赛,这胜利向所有人证明了她永远不会"任人宰割"。但无论原因为何,无论谁对谁错,长期的暴力氛围总是沉重、令人痛苦的,甚至让人难以忍受。我之所以想要摆脱我的阶级和家庭(很长时间内,我对家庭、伴侣、稳定关系、共同生活这样的概念唯恐避之不及),无疑在很大程度上是因为我从小就见证了夫妻暴力——日复一日的言语冲突、大喊大叫、疯疯癫癫。

是因为母亲,我才有机会进入高中继续学习。她从来没有直说，但我猜她想通过让我继续读书，来弥补她年轻时的遗憾。她没有实现的梦想通过我实现了，但这件事勾起许多她心底的辛酸和积怨。在我刚上六年级的时候，我们在课上学了一首英文圣诞儿歌。回到家，我对母亲说（当时我 11 岁）："我学了一首诗。"然后开始背诵。我仍记得："I wish you a merry Christmas, a horse and a gig, and a good fat pig, to kill next year."我还没有朗诵完，母亲就突然开始生气，甚至可以说暴怒。她是否认为我是在嘲笑她、贬低她？她是否觉得我这个进入中学仅仅一个月的小孩已经开始在她面前展现自己的优越性了？她像疯子一样大叫起来："你知道我不会英语……你马上给我翻译！"我翻译了。诗很短，她的歇斯底里也只持续了一小会儿。但自此我意识到，家之外的世界，也就是以学校为代表的外部空间，与家庭内部空间之间出现了一道鸿沟（当然，这道鸿沟只会越来越深）。

那次突如其来的愤怒，是母亲在发泄因为不能继续学习而产生的挫败感。这类事情之后也发生过多次，每次的发泄方式有所不同：有时是一种让我想要反驳的直接批评、一种反对意见的表达。比如："你虽然上了高中，但这不代表你比我们高级。"或者"你以为你是谁？你觉得自己比我们都有能耐是吗？"有多少次，我还会回想起来，自己不是什么"重要人物"。但更多的时候，母亲只是会提醒我，她年轻时没有我所拥有的机会："我没能……"或者"我从来没有机会……"对上学这件事，父亲只是通过不断地讲述自己年轻时的境遇来表达他对于孩子们今天可以获得的机会的惊异（他有时甚至不赞成我们继续读书）；母亲与父亲不同，她总是通过表达自己的感受，来间接地承认我们拥有比她更广阔的视野，而她的视野却总是封闭的，或者说是半开半合的。她总是坚持让我完完全全地意识到自己有多幸运。当她说："我从来没机会……"其实是在说："但是你有机会……你应该知道这意味着什么。"

有一次，她想重新开始学习，但结果再次让她跌入失望的深渊！她在当地报纸上看到一则广告：一家新开的私人学校（这可能是一群没有道德底线的人在行骗）专门教授信息技术，来帮助想要转行的成年人。她便报了名，为了上课花掉许多钱。她白天上完班，晚上去上课，一周要上好几次。但很快她就发现自己什么也听不懂，或者几乎听不懂。她还固执地坚持着，总说自己不会放弃，自己会赶上进度。最后，当她意识到这显而易见的事实时，终于承认自己失败了。她放弃了，内心充满痛苦，又气又恼。她的最后一次机会就这样被剥夺了。

1967年，母亲生下了最小的孩子，于是在做了很长时间清洁女工之后，她停止了工作。但这并未持续多久：经济压力让她不得不在工厂找了一份需要每天辛苦劳作8小时的工作（中学毕业会考之后的那个暑假，我在那里待过一个月，于是我目睹了这份"工作"真实的样子），以此来保证我可以继续在高中课堂上学习蒙田和巴尔扎克，并且可以进入大学，整天整天地在房间里研读亚里士多德和康德。她午夜才能入睡，凌晨4点便要起床工作，而我会研读马克思和托洛茨基（Trotski）、波伏娃和热内直到天亮。我只能援引安妮·埃尔诺在提到她开杂货店的母亲时所使用的简单描述，来揭示这赤裸裸的现实："我深知她对我的爱，以及我们之间的不平等：

她从早到晚给我烹制土豆和牛奶，好让我可以坐在阶梯教室里听老师讲柏拉图。[1]"在母亲工作的 15 年中，她每天都要站在组装流水线前，不停地把盖子盖在广口瓶上，每天上午和下午各有 10 分钟的时间可以请假离开去卫生间，如今，当我看到她因为多年的高强度劳作而身体痛得动弹不得，便理解了社会不公最为具体的含义。甚至可以说"不公平"这个词本身也相当委婉，它掩盖了真正的现实：赤裸裸的、暴力的剥削。一个年迈工人的身体，可以体现阶级社会全部的真相。这个工厂里的工作节奏快得让人难以置信，不过其他工厂也是一样：管理者会在某天花几分钟记录一个女工的工作速度，然后就把它规定为工人们的最低工作速率。这规定已经足够夸张，甚至不人道了，但更有甚者：工人的报酬中有相当一部分来自奖金，这奖金来源于个人的日平均工作量。母亲对我讲，她和她的工友们甚至企图达到标准速率的两倍。晚上，她"精疲力竭"地回到家——就像她自己形容的，但她很高兴，因为她赚到的钱可以让我们生活得像点样子。我不能理解这样的工作强度和抗议这种工作强度的口号（"打倒严酷的工作速率"）为什么能够以及如何从左派言论中，甚至从他们的世界观中消失，因为这样的事实是如此具体地涉及每个人的生存状况，比如：健康。

实话讲，当时的我对工人们在工厂所遭受的非人待遇并不关心，如果这里不包括抽象意义上的关心。当时，我刚刚开始沉浸在文化、文学、哲学的世界中，兴奋不已，无暇思考自己为什么有机会得到这一切。相反，我对于父母的身份满怀怨恨，

---

[1] ［法］安妮·埃尔诺：《一个女人》（*Une femme*），页 66。

而不是将不满投射在我所期望可以对话的那些人身上,我对父母的态度与我的一些同学们对自己父母的态度完全不同。家庭,让我第一次走上了人生的上坡路,但年少的我并未试图理解父母的生活,更没有试图探寻他们的真实生活具有何种政治意义。如果我算是一个马克思主义者的话,那么我应该承认,我之所以在求学期间认同马克思主义以及其他左派思想,只是因为我想通过这种方式美化工人阶级、将其看作一个神秘的群体,在这种观点的指引下,当时的我认为父母的生活方式应该受到批判。他们如此迫切地想要获得日常所需的消费品,在这种悲惨的现实中,在他们想要获得已经被剥夺良久的物质条件的热切渴望中,我看到他们一方面被边缘化,一方面变得"资产阶级化"。父母曾经是工人,曾经经历困苦,并且就像家里其他的成员,以及我们所有的邻居,以及所有我们认识的人一样,他们渴望拥有那些之前没有机会拥有的东西,以及他们的父辈没有机会拥有的东西,这种渴望鼓舞着他们。一旦他们有能力,就会不断贷款,购买那些他们梦想得到的东西:一辆二手汽车,再后来是新汽车,还有电视机,以及在产品目录上选购的家具(在餐厅放一张弗米加塑料桌子,在客厅放一套仿皮沙发……)。看到他们被单纯的物质需求,甚至只是嫉妒("别人拥有的东西,我们也有权拥有")所驱使,看到他们在政治投票过程中依然被这种欲望和嫉妒所控制(即使他们不会将这两件事联系在一起),我感到悲哀。我家里面的所有人,都喜欢吹嘘某样物品的价格,以此展现自己并不需要什么,自己过得很好。他们将自己的骄傲和荣誉感寄托在这种吹嘘价钱的爱好中。这些显然与塞满我大脑的那些关于"工人运动"的宏大叙述不相符,但如果一种政治观念对于它所解读的群体的真实生活毫不关心，还因为他们不符合它的想象而批评他们，这是一种怎样的政治观念？无论如何，应该改变这种叙述，改变它的单一性，增加它的复杂性和矛盾性，并且将历史事实重新放入其中。工人阶级并非一成不变，1960年到1970年间的工人阶级与1930年到1950年间的工人阶级并不相同：拥有相同的社会位置并不一定意味着他们经历了相同的社会现实并拥有相同的欲望。[1]

最近，母亲用讽刺的口吻说我以前总是把他们称作"资产阶级"（"你总是爱说这类蠢话，"她补充道，"我希望从现在开始，至少你能意识到这一点。"）在当时的我看来，父母背叛了他们原本应该保持的形象，而我轻蔑的称呼只是表达我不想变得和他们一样。同时，我也不希望自己变成我希望他们成为的样子。对我来说，"无产阶级"是书本上的概念，是抽象的思想，而我的父母并不能归入其中。我之所以满足于感叹"真实的阶级"与"幻想的阶级"之间的差距，或者被边缘化的工人是如何没有阶级意识，那是因为这个具有"革命性"的政治观点可以掩盖我对于我的父母、我的家庭，以及我逃离家庭的渴望在社会层面上的意义。我年轻时的马克思主义倾向便是我抹去社会身份的途径：我颂扬"工人阶级"，借此在更大程度

---

[1] 我在这里引用了卡洛琳·凯·斯蒂德曼（Carolyn Kay Steedman）在《一个好女人的处境——有关双重生活的故事》（*Landscape for a Good Woman. A Story of Two Lives*）中关于自己母亲的精当评论。[美]卡洛琳·凯·斯蒂德曼：《一个好女人的处境——有关双重生活的故事》（新不伦瑞克，新泽西：罗格斯大学出版社，1987），页8—9。还请参看她对于理查德·霍加特（Richard Hoggart）《识字的作用》（*The Uses of Literacy*）一书的猛烈批评：这本书展示了一副与历史脱节的画面，即工人和权贵阶层的精神世界是简单而永恒不变的，就好像一旦社会学家总结出工人该有的样子，工人阶级就不会再改变了。（出处同上，页11—12）

上远离真实的工人阶级。在阅读马克思和托洛茨基时,我相信人民的先锋性。我进入了特权阶级的世界,也就是那些有兴趣拜读马克思和托洛茨基的人的世界,走进了他们的历史观和主体化的方式。我对萨特关于工人阶级的论述十分着迷,却讨厌我身处的这个工人阶级,这个限制我视野的工人阶级。我对马克思和萨特感兴趣,并想象自己是如何比父母更加清楚地理解他们自己的生活,我通过这样的方式走出那个世界,走出我父母的世界。父亲感觉到了这一点,有一天他看到我正在读《世界报》(这是我表现自己对政治有着严肃兴趣的方式之一),而父亲并不认为这份报纸的读者应该是像他一样的人,甚至认为它就是资产阶级的喉舌(父亲竟然比我更了解这一点!),于是他气愤地向我嚷道:"你正在读一份蛊惑人心的报纸!"说完,他便站起来离开了房间。

我母亲不太理解这一切是怎么发生的,也不太理解我从事的职业。我进入了另外一个世界,那里的一切在她看起来都很遥远而陌生。再者我也绝少向她提及我的兴趣,因为她并不了解这些我热爱的作家。有一次,在我十五六岁时,她从我的书桌上拿起一本萨特的小说,捧在手里,嘴里蹦出一句评论:"我觉得这本书太露骨了。"她听雇自己做家务的太太这样说过(这是一位资产阶级太太,她认为萨特是一个邪恶的作家),她天真地重复着这句评论,以此来表明她至少知道我所阅读的作家中的一个。

有一点是确定的:她认为我没有"爱学习"的样子。高中时,我曾加入一个极左组织,我把许多时间都花在了这件事上。校长曾经把父亲叫到学校,向他描述了我是如何在校门口和学校里面进行"宣传"活动的。那天晚上,家里像演了一出真实的心理剧,他们用退学来威胁我,让我乖乖听话。母亲害怕我这样下去会无法通过中学会考,但父母最不能接受的是我没有把自己所有的时间都用在学习上,因为他们为了让我有机会读书,已经工作到快要累死。这件事让他们怒火中烧。我被勒令在两者之间进行选择:要么放弃政治活动,要么退学。我宣称我宁愿退学,他们便不再和我说话了。最后,母亲还是坚持让我继续读书。

进入大学之后,我更加特立独行。我选择哲学系这件事在母亲看来一定很荒唐。当我向她宣布这个消息时,她愣着没有反应。她更希望我选择英文或者西班牙文(他们对医学和法律没什么概念,我也是;他们认为选择外语是保证我可以在毕业之后做中学老师的最好方式)。她感觉到了我们之间存在着一道鸿沟。我所变成的样子让她感到难以理解,她主动说我是一个"脱离常轨"的人。她一定认为我是一个怪异、离奇的家伙……在她眼中,我越来越远离正常人的世界。她常常用这样的句式对我讲话:"……这再怎么说也不能算正常行为。"就像我父亲一样。

即便他们对我的印象与我的穿着打扮不无关系(也就是我想赋予自己的那种形象:留很长的头发。父亲为此苦恼了好多年,他总是拍着桌子重复道:"你给我去剪头发!"),即便我的形象已经在某种程度上展现出我独特的性向(我不久之后就出柜了),"不正常""奇特""怪异"……这些词毕竟没有任何间接或直接的性暗示。我的母亲在几年之后才发现我属于她不知该如何称呼的那一类人——"像你一样的那种人",她只能这样说。她不想使用任何贬义词,也对这件事不大了解,因此她无法找到一个正常的词汇来进行描述,只能使用这样一种拙劣的代用语。最近,我在母亲家发现一张印有三个年轻人的照片,就问母亲他们是谁,母亲告诉我:"是B的孩子们。"B是我最小的弟弟的妻子。她还说:"中间的是D,他和你一样。"我一时间没有理解她指的是什么。她补充道:"当他告诉他妈妈自己是……你懂……和你一样,他妈妈把他赶出了家门……后来是他爸爸说服了她,他说,如果他自己也抱这种态度,就得把自己的亲哥哥拒之门外了……"母亲的话让我对弟弟刮目相看——过去的他并不是如此宽容。无疑,他在这点上改变很大。事实上,他从来没有在家接待过我,因为我从不主动拜访他们,从来没有想要拜访他们……不仅因为我是同性恋,也同样因为(如果不是更因为)他属于工人阶级,这一点也正是本书力图表达的。当他开始接受我的性取向后,我仍然没有试图和他重新建立联系,原因是我不能接受他的社会身份。因此,我如今应该承认,我们之间的关系之所以如此冷漠,原因更多地在于我而不是他。历史难以被轻易抹去,曾经分道扬镳的两条人生轨迹难以再次相交。

这同时也证明,家庭不是一个固定不变的环境,它充满了变数:如果我的兄弟们成为律师、艺术家、作家……我就会经常与他们来往,就算关系并不亲密,我还是会努力维系兄弟之情,并打心眼里把他们看作自己的兄弟。对于我的叔叔、婶婶、堂兄妹、表兄妹、侄子侄女,道理也是相同的。如果说,人们拥有的社会财富首先应该由人们所维系的、可调动的家庭关系构成的话,可以说我的人生轨迹(以及其间我与家人关系的断裂）让我变得身无分文，甚至负债累累：我所经历的不是对家庭关系的维护，而是抹杀它们。在很多资产阶级家庭，人们会与远房的兄弟姐妹保持联系，而我，曾经试图远离我一母同胞的亲兄弟。所以，当我在人生旅途中遭遇困难、需要帮扶时，我无人可以求救。

　　当我 18 岁、20 岁时，我在母亲眼里还没有变成"像你一样的人"，但她依然感到我身上所发生的变化越来越剧烈，我令她感到困窘。但我对此丝毫不担心，因为那时的我已经离她、他们以及他们的世界很远了。

3

1950年，父母在结婚之后住进一间出租屋。当时，在兰斯找到住处并不容易，他们婚后的头几年就是在这间出租屋里度过的。两个孩子出生了，哥哥和我。外祖父用木料给我们做了一张床，我们俩头挨脚地睡在这张床上。后来，一家社会机构给我们提供了住房，位置在城市另一端新建的工人聚居区，于是我们搬去那里。"住房"这样的字眼和它的实际情况不太相符：混凝土制作的方块一个粘着另一个，在两边分别有一条彼此平行的、一模一样的通道。所有住房都只有一层，包括一间客厅和一间卧室（于是我们像原来一样，四个人睡在一间卧室）。房间里没有浴室，但客厅有自来水管和洗菜池，平时做饭和洗漱都在这里。冬天，取暖用的煤炉不足以烧热两个房间，家里总是冷飕飕的。门口几平米的花园增添了一点点绿意，父亲会耐心地种几棵蔬菜出来。

我是否还保留着对那时的记忆？这记忆不多，而且隐隐约约。但我对这件事却有着清晰而持久的印象：在消失了两三天后，父亲醉醺醺地回到家里（"每个周五晚上，在完成一周的工作之后，他要到小酒馆去寻欢作乐，经常夜不归宿。"母亲对我讲），他靠在房间的一端，抄起手边的瓶子（油瓶、奶瓶、酒瓶），一个个扔到对面的墙上摔个粉碎。我和哥哥蜷缩在母亲身边哭泣，母亲既愤怒又绝望地重复着："好歹别伤着孩子。"父亲去世后不久，当我向母亲讲起这件事，以此来解释我不愿参加父亲葬礼的原因时，她惊讶地说："你还记得这个？当时你还很小。"是的，我记得。一直都记得。这件事深深地印刻在我的脑海。这就像"原初场景"（Scène primitive）[1]会给孩子留下无法抹去的创伤，但是在这里尤其不能从心理学和精神分析的角度来分析。因为一旦我们开始用俄狄浦斯情节来解释这一切，我们就很难用社会的和政治的眼光来看待这一主体化的过程了：一出家庭情节剧就会取代实际上存在的历史和地理（城市的）因素，也就是社会阶层的因素。在这里回溯这件往事，并不是要借用拉康主义者惯用的解释方法，在这种父亲意象的衰弱或是对父亲认同的缺失（无论是实际意义上的还是象征意义上的）之中找到导致我成为同性恋的关键因素（得出这个结论之前当然首先要将我成为同性恋的事实放置在这段历史中去考量）。不是的，对于那些精神分析的拥趸者不断提及的概念，我无意援引[2]。我更愿意将之看作一个社会镜像阶段，在这个时期，人们有了自我意识并意识到自己处的阶级，这个阶级的人有一套属于自己的行为方式；这是一个社会召唤的情景（而非精神的或意识形态的召唤），通过使人们发觉自身阶级所处的社会状况并赋予我们特定的地位和身份，它实现了这种召唤；这是一个自我认知的过程，通过那个我们将

---

[1] 该概念由弗洛伊德提出，指幼小的孩子在看到或想象父母进行性行为时，会将之理解为暴力。——译者注
[2] 在《少数派道德——对于让·热内理论的延伸》〔（巴黎：Fayard，2001），页235—284〕一书中，我探讨了拉康关于同性恋产生"原因"的讨论（从他的原则看几乎是恐惧同性恋的）。

要成为的人传递给我们的形象,我们意识到自己是谁,自己将要成为什么样的人……它让我内心萌生了一种顽固的意念,即与那个属于我的未来相对抗;然而同时,我的出身永远地印刻在了我的精神之中,这是任何思想转变、社会习得、乔装打扮,以及谎言与借口都无法抹去的印记。对于这段早期经历,我至少可以赋予它上述意义,虽然我知道,对这段早期经历的解读如同其他所有的解读(尤其是那些极易用精神分析方法来研究的情况)一样,都是一种重构。个体归属的实现和个体的转变、个体身份的建立和对这一身份的反抗,对我来说总是相互联系、相互重叠、相互对抗并牵制的。于是最初的社会身份认同(将自己看作自己)突然受到身份抗拒的影响,这种身份抗拒不断地从我们所拒绝接受的身份中获得能量。

我总是埋怨父亲是他本人的这个样子,他就像工人世界的一个缩影,如果我们从未属于过这个阶级,从未在他们中间生活过,我们就只能在电影和小说中见到这种形象。"这是爱弥儿·左拉式的。"母亲对我讲道,虽然她没有读过一丁点左拉。如果我们属于这个世界,如果我们曾同他们生活在一起,要承认自己属于他们中的一员又非常困难。我十分清楚地意识到,我书写这本书的方式(无论是对于我还是对于读者)首先假设了我本人在社会归属上并不属于他们,我也知道他们不太可能成为这本书的读者,我在书中竭力描绘和还原的,是他们那种一成不变的生活方式。人们并不经常提及工人阶级,当我们提及时,多半是因为我们走出了那个阶级,但当我们说我们走出了那个阶级,并很高兴自己走了出来时,这本身就重新否定了他们存在的社会合法性。当我们谈论他们时,更准确地说我们是在揭露（但保持必要的批评的距离，保持一种审视、判定的立场）一种社会不合法状态，他们总是处于这种状态之中。

归根结底，我所厌恶的，不是完成这个动作的人，而是这个可以催生如此行为的社会背景。也许扔瓶子的行为只持续了几分钟，但我想它带给我的是对于这种悲剧的厌恶、对于既定命运的反抗，还有因为要永远背负这段记忆而产生的，秘密的，但永远鲜活的内心伤口。这样的事件并不罕见。当时我4岁或5岁，父亲27岁或28岁。他无法摆脱这种属于工人阶级（尤其是男性）的社交方式（他在长成一个男人之后才发现这种方式）：下班之后，几个伙计一起到小酒馆喝酒、聚会。他有时几天都不回家，也许在和其他女人同床共枕。他21岁结婚，3年之内生了两个孩子。他大概渴望时不时地摆脱作为丈夫和父亲的束缚，通过各种方式来享受作为一个自由青年的乐趣。我想，也许是父亲在少年时代因为家庭状况的束缚，再加上承担了太多的家庭重担，没能享受到这样的生活，于是他终于想要放纵一下。他当年从一名承担家庭责任的长子，直接过渡为一位丈夫和父亲。这应该让人难以承受吧。他应该很难接受自己今后的生活将永远被家庭责任所束缚吧。于是，放纵的行为（这一表达方式的消极内涵并不能包含它所有复杂的意义）成为让他透口气、找点乐子的方式。当然，这样的行为在每天忙着照看孩子的母亲看来是绝不能想象和接受的。再说，父亲永远不会容忍母亲去咖啡馆寻乐，更别说夜不归宿了（他会杀掉她——在砸烂家里的一切之后！）。

当我们还是只是工人阶级家庭的孩子时，就打心眼里明白自己的阶级归属。我在写关于保守革命（révolution

conservatrice）的书时，曾经在图书馆借阅雷蒙·阿隆（Reymond Aron）的几本书，因为1980年代和1990年代的那批试图用左翼思想占领法国思想界的思想家们是推崇雷蒙·阿隆的（这种推崇倒是十分有理有据）。在阅读这位肤浅而喜欢说教的教授所作的几篇毫无层次和亮点的文章时，我看到了这句话："如果我努力回忆自己在学习社会学之前是否产生了'阶级意识'，我几乎回忆不起来，而这并不是因为年代久远导致的记忆模糊；换句话说，我不认为现代社会的每一个成员都一定认为自己从属于社会之中某个既定的，被称为阶级的群体。社会阶层无疑客观存在，但阶级成员的阶级意识并不一定存在。[1]"

我认为资产阶级出身的儿童缺乏阶级归属意识是可能的。统治阶级意识不到自己属于某个特定群体（就如同白人不能意识到自己属于白人群体，异性恋不能意识到自己属于异性恋群体）。因而，这段评论也展示出它的真实面貌：属于特权阶级的作者天真地承认自己在接触社会学之前没有阶级意识，而这件事本身恰恰展示了他的社会身份。我只见过这位人物一面，见到他后我立刻觉得反感。我讨厌他虚伪的笑容和柔和的声音，他用这种方式展示着自己的沉着、理性，但归根结底无非是展示着他作为资产阶级所拥有的丰厚的物质条件和成熟稳重的思维方式（然而他的文章却不乏暴力的言辞，而且这暴力总是有着明确的对象，如果这些对象有时能意识到这一点的话）。在他的众多文章中，只需读读那篇关于1950年工人罢工的文章就可以明白！人们称赞他头脑清醒是因为当其他人参与到了支持

---

[1] ［法］雷蒙·阿隆：《社会科学与社会意识》（*Science et conscience de la société*），出自《现代社会》（*Les Sociétés modernes*）（巴黎：PUF, "Quadrige"，2006），页57。

苏联的队伍中时他仍然反对共产党。但事实并非如此，他反对共产党是因为他憎恨工人运动，他是作为资产阶级政治权利和意识形态的维护者而发声的，他反对一切可以给工人阶级希望或者可以动员他们的东西。说到底，他是为钱而写的人：一个为统治阶级维护其统治贡献力量的士兵。萨特在1968年五月风暴这件事上对他的责难十分正确。他理应得到这样的批评。萨特的伟大之处在于，他敢于违背人们在进行学术"讨论"时遵守的规则，即提倡"有理有据"的正统观念、排斥非传统思想和批判精神，他能在必要时"咒骂那些咒骂别人的人"，就像热内提出的这个漂亮的说法所形容的那样。我们永远也不应该忘记这一箴言）。

就我而言，我一直以来都深深地感受到自己的阶级归属。这并不意味着我属于一个有自我意识的阶级。我们可以意识到自己属于某个阶级，但不代表这个阶级一定有意识地将自己看作一个社会阶级，或是"定义明确的群体"。但无论如何，人们还是会在具体的生活情景中感受到这个群体的现实状况。比如，当我和哥哥放假时，母亲会把我们带到她的雇主家里，母亲工作时，我们就待在餐厅，我们会听到女主人指使母亲做这做那，还会表扬或者责骂她（一天，女主人对她说："我太失望了，我没法相信你了。"接着母亲泪流满面地走进厨房，我和哥哥看到这样的场景吓坏了。当我回想起这场景——啊！那雇主的语气！——我对这世界——这个人们随随便便地羞辱母亲就像呼吸一样正常的世界——充满了厌恶，对于这种权利关系、阶级差异，我内心充满了憎恨）。我猜，雷蒙·阿隆家里也有一个女佣，当他打网球时，她会在他母亲的指使下给他熨烫衬衫并且清洗浴室地板，当他准备进入漫长而体面的求学生涯时，她与他同龄的孩子却准备进入工厂工作，或者已经进入工厂工作；但他可能从来没想到，她，这个女佣，会"意识到自己属于某个社会群体"，属于一个与他不同的社会群体。当我看到他青少年时的家庭照片，我看到的是一个对自身状态非常满足的资产阶级家庭（无疑，这是一种自觉的满足感）。他却没有意识到？即便是回顾过去时也没有意识到？好一个社会学家！

在我小时候，有一对夫妻和父母关系很好，其中丈夫在酒窖打工，妻子在富人区的一家私人旅馆当门卫，这家旅馆里住着一个兰斯大家庭。这对夫妇住在栅栏入口旁边的小屋子里。当我们偶尔在周日去他们家聚餐时，我就会和他们的女儿在那栋巨大建筑前面的院子里玩耍。我们知道另外一个世界的存在，它就在台阶上面那张玻璃窗下的入口里。我们对那个世界只有几个短暂的印象：一辆漂亮的轿车驶进来，从车上下来的这个人，我们所认识的人中没有任何一个衣着与他相似……但如同对社会关系有着本能反应一般，我们知道"我们"和"他们"之间有差别，他们，是住在那栋房子里的人以及前来拜访他们的朋友；我们，是那些住在两室或者三室房间里的门卫们，以及他们会在休息日接待的朋友们，也就是我的父母以及我和我的兄弟。相距只有几十米的两个世界差别如此巨大，我们怎么可能意识不到社会阶级的存在？怎么可能不知道自己属于哪一边？理查德·霍加特（Richard Hoggart）说得很对，当我们属于平民阶级时，我们很容易发现阶级的存在[1]。日常生活的艰辛每时每刻都在提醒着他们自己的阶级归属，更何况我们可以看

---

1 ［英］理查德·霍加特：《纽波特街33号——一个平民阶级出身的知识分子自传》(*33 Newport Street. Autobiographie d'un intellectuel issu des classes populaires*)〔巴黎：Gallimard/Seuil, "Hautes études"（"高等研究所"。——译者注），1991〕。

到其他阶级的生活条件与自己的差距。当我们看到他人的生活方式以及他们与我们是如此不同时，我们怎么会意识不到自己的身份呢？

上世纪 60 年代初，我们搬进一栋刚刚完工的公租房（HLM）大楼，这间公寓是母亲不停奔走，好不容易得到的。这是一个典型的安插于城市结构中，甚至可以说是在城市内部的社会公租房：整个项目包括三个"大块"，就像人们说的那样；一共四层楼；处于一大片独立住房中间，整个街区位于工业区和几个香槟酒庄（Taittinger, Mumm, Louis Roederer）之间。公寓包括一个餐厅，一个厨房，还有（终于！）两间卧室，父母一间，孩子们一间。另外，我们有了浴室。我在离家不远的小学就学。每个周四，我去圣女贞德教堂上教理课。应该将其看作一种平民阶级中流行的、怪异而荒谬的传统宗教教规？还是一种在孩子们没课的时候把他们管住的方式？可能两者皆有！我的父母并不信教，甚至是反对教权的。父亲从来不进教堂，每当有家庭典礼（洗礼、婚礼、葬礼等），女人们在教堂里参加典礼时，他总是和其他男人们待在教堂外的广场上。但是父母却坚持给我们做洗礼，让我们上教理课——那个教堂的神父会让男孩子坐在自己的腿上，抚摸他们的大腿（他在社区里有这个坏名声，有一次我听父亲大声叫嚷说他对这个神父厌恶透顶，他还说："如果让我知道他碰了我的孩子，我非干掉他不可。"）。我们的教理课一直延续到领圣体的那一天——那天我们穿着白袍，在胸前戴上一个巨大的木质十字架。

那天，我在母亲家里发现一些我和哥哥的照片，照片里还有叔叔姑姑、堂兄弟堂姐妹们。那是在一次家庭典礼之后，我们这个小小的家族在奶奶家门前的空地上组织了节日聚餐，对我们来说宗教礼仪只是聚餐的借口和理由：宗教仪式虽然荒谬可笑，但给非宗教聚会提供了机会，由此，宗教仪式承担了敦促家庭团聚的责任，维持着兄弟姐妹以及他们的孩子（我的堂兄弟、堂姐妹）之间的联系，同时，它还一再地肯定着我们所处的这个社会圈子，因为在聚会上，人们总是展现出职业、文化、阶级的一致性，而且前一次家庭聚会中的人总是出现在这次聚会中。这可能是我逃避聚会的原因，尤其是我两个弟弟的婚礼：我不可能沉浸于这种形式的社交和文化活动，它们让我极其不适；"它们"是指，那些饭后的仪式，整桌人一起高喊"西蒙，来一首歌！""勒内，来一首歌！"，于是每个人分别唱了自己的歌，歌声一会儿搞笑、一会儿夸张，那是这个场合特有的唱歌方式，然后，每年如此，还有每年一样的猥琐笑话、舞蹈、没用的愚蠢伎俩，还有聚餐结束后的争吵——有时会演变成初级阶段的斗殴，因为那些关于怀疑某人通奸的老矛盾被挖了出来。

我家庭内部这种社会阶级的一致性基本没有改变。回到米伊宗的家里后，我浏览了摆放在家具上、墙上的照片。我询问母亲，这个人是谁，那个人又是谁。这是一个人丁兴旺的家族：这是我兄弟们的孩子，那是某个堂姐和她的丈夫，那又是某个表弟和他的妻子，等等。每次我都问："他是做什么的？"众多答案描绘出一幅当今平民阶级生存状况的图景："他在 X 或者 Y 工厂打工。""他在酒窖工作。""他是泥瓦匠。""他是保安。""他现在没活儿干。"……有时这个堂姐（税务员）或者那个嫂子（秘书）可以实现社会地位的上升。我们已经远远地脱离了过去的悲惨生活，也就是我童年时期经历的那种悲惨生活——"他们过得不算惨。""她挣得不少。"母亲在回答完我的问题时总是这样说。但他们的社会地位没有改变：整个家族的状况没有改变，他们与这个阶级世界的关系没有改变。

就在我们刚刚搬进的大楼几十米之外的地方，人们正在建造一个罗马风格的小教堂，教堂是藤田嗣治设计的，为了庆祝他几年前突然在兰斯的圣·雷米大教堂改信基督教，他还会在教堂里画上壁画。我是很久之后才明白，我们家对艺术没什么兴趣，对基督教艺术更是如此。我是在写这本书的时候才第一次走进这座教堂。对于艺术的品味需要学习。我学习了。这是自我再教育的一部分，这种自我再教育几乎就是完全改变自己，只有完成它，我才能进入另外一个世界、另外一个社会阶级——才能远离我过去的一切。无论人们有意识或无意识，对于艺术作品的喜好或者对一切文学艺术的喜好总是会让一个人显得更高级，这种高级是通过与那些没有机会接触艺术品的人相比较而实现的。艺术爱好者的这种"高级"，指与其他人在自我构成上的差别，指人们对自己的眼光与对其他人（那些"没文化"的、"低等"阶级的人）眼光的迥异。在我后来作为"文化人"的生活中，当我参观一个展览，或是听一场音乐会，或是观看一场歌剧表演时，有无数次，我观察到那些热衷于"高雅"文化活动的人们从这些行为中获得了如此多的自我满足感和优越感，这种满足感和优越感展现于他们永远不会放下的神秘微笑，还有他们克制的肢体动作，还有他们作为艺术行家以及有钱人的讲话方式……所有这些都表达了一种对于自身社会身份的愉悦感，他们属于优越的阶级，他们可以通过欣赏"高雅"艺术来炫耀自己。这样的场景总是让我觉得惊恐，然而我依旧努力让自己变得和他们更加相像，让自己看起来出生于这样的阶级，努力像他们一样，在欣赏艺术的场合表现出轻松自如的神态。

重新学习说话的方式也是必要的：我得忘记过去错误的发音、表达方式，忘记属于地方的词句（不能说苹果是"好东西"，而要说它"太酸"），改掉东北地区的口音，同时改掉平民阶级的口音，要让言辞更加体面，要更精准地使用语法来遣词造句……总之，我无时无刻不在控制自己的发音和表达方式。"你说话像写书似的。"在家，母亲总是这样嘲笑我，她的话还表示：人们知道我为什么要使用这新的说话方式。她这样说完（就如同今天的情况一样），我就会变得非常小心，重新拾回曾经忘记的口音，避免使用对于平民阶级来说过于复杂、过于文绉绉的句子（比如，我要说"我去过"而非"我曾经前往"），我还要努力重新找回那些虽然已经被我遗弃至记忆深处，许久不用，然而却从未忘记的语气、词汇和表达方式：这并不是说我完全成为一个说两种语言的人，但我会根据所处的环境和阶级来对自己说话和行事的方式进行或多或少的改变。

住进这间公寓之后，我进入市里的"公立男子高中"。我应该着重强调这件事，因为这并不是一桩平淡无奇的事件，事实上，它在我们的家庭历史上是一次真正的转折。我是家里第一个接受中学教育的人，虽然只是刚刚进入第二阶段教育而已。当时我11岁，比我大两岁的哥哥还留在第一阶段。在那个时代，两条截然不同的求学道路同时存在，所以淘汰机制是那样的直接而残酷。哥哥在一年之后成了屠夫的学徒。他不想再上学了，他觉得上学很无聊，而且浪费时间。母亲有一天在肉店门口看到一张"招学徒"的启示，问哥哥是否感兴趣。他给出肯定的回答，于是母亲带他去了，他便成了学徒。我俩的人生之路从此岔开。事实上，这分叉点总是可以被追溯到很早之前。很快，我们就变得不同了，从穿衣方式、发型，到说话和思考方式。到十五六岁的时候，他只喜欢和自己的伙伴混在一起了，踢足球、勾搭女孩、听听约翰尼·哈里戴（Johnny Hallyday）的歌，而我却更喜欢待在家里读书，在音乐上我偏爱滚石（Rolling Stones）和冯丝华·哈蒂（Françoise Hardy）（她的《所有与我同龄的男孩和女孩》这首歌仿佛是写给孤独的同性恋者的），然后是芭芭拉（Barbara）和雷欧·费亥（Léo Ferré），或者鲍勃·迪伦（Bob Dylan）、多诺万（Donovan）和琼·贝兹（Joan Baez），也就是属于"知识分子"的歌手们。哥哥仍然保持着他平民阶级的"气质"，他的行为方式和肢体语言将他和我们属于的那个社会阶层连接起来，而我创造了一种同样非常典型的中学生"气质"，它让我远离平民阶级（16岁时，我穿带帽粗呢大衣，脚穿其乐沙漠靴，留长发）。甚至连我们对政治的态度也迥然不同：他对政治绝对没有半点兴趣，而我却很早就开始就"阶级斗争""永久革命"和"无产阶级国际化"这些问题长篇大论了。

每当有人问我哥哥的职业，我都会感到非常尴尬，我从未透露过真相。对于我在青年时代蜕变为知识分子这件事，哥哥总是怀着几分怀疑和讥讽的（当然他也绝不会忽略我成为同性恋者这件事，即便他只是泛泛地嘲笑我的样子，而没有针对我的同性恋倾向——在他这样一个努力保持属于平民阶级的那种男子气概的人眼里，我的形象就是"娘娘腔"；而当时，甚至我自己都还没有意识到自己性向显现的端倪和它令人不安的召唤）。从搬至市郊的公租房到1967年搬家，我们一直住在一个屋檐下。我们的房间（因为我上高中，需要读书，所以独占一间卧室；哥哥与另外一个弟弟同住一间房，最小的弟弟与父母睡一间房）只有一个走廊之隔，但我们之间的差距与日俱增。我们都坚持着自己的选择，或者说我们以为那是我们自己的选择。所以，我俩必定会因为对方的样子而感到尴尬。他的形象毫无疑问符合我们的阶级，符合属于我们的职业，符合社会为我们预设的未来；而我，很快就体会到一种强烈的疏离感，这种疏离感是我的学习经历和同性恋取向争相安插在我身上的：我不会成长为工人，或是屠夫，我不会变成那个我们应该变成的样子。哥哥服过兵役之后不久就结婚了（当时他应该是21或22岁），婚后很快就有了两个孩子……而我，18岁进入大学，20岁离开家（也就是在他离开家不久之后）开始独立而自由地生活，并且为了避免服兵役想尽办法（几年后，我的确免除了兵役，先是最大限度地享受了被人们称作"缓期"的那段时间用来继续学习，然后在入伍前"三天"的身体检查中，我假装自己有视力和听力障碍，以至于樊尚兵营的负责医师问我："你是做什么的？"我回答："我正在准备哲学教师资格会考。"他说："那就继续吧，这对谁都好。"我当时25岁，难以克制或是掩饰听到这话之后内心的巨大喜悦）。

4

在之后的35年间，我再也没有去看过哥哥，这个与我共度童年和一部分少年时光的哥哥。在我写这本书的时候，他在比利时靠着社会救助生活，因为常年搬运动物骨架的工作伤了他的肩膀，以至于他现在没办法再当屠夫或者做任何其他工作。我们不再联系，自然这要归咎于我，就像我在上一章提到的那样。

我们还住在一起的时候，就已经形同陌路。之后，在我们分开之后的两三年内，我们在家庭聚餐的时候再次相见，那时我们之间的联系也无非是我们过去共处的时光，以及我们各自与父母的亲子关系，他与父母非常亲近，我则与他们疏远得多。

我发现，对于我讨厌的、想要远离的一切，他心满意足地接受着。为了描述我对于哥哥的感受，我可以直接引用约翰·埃德迦·韦德曼（John Edgar Wideman）在《兄弟们和身边的人们》（*Brothers and Keepers*）一书中的原话：" 我通过我们之间的差距来衡量自己获得的成就。"似乎没有更好的形容了。通过某种方式，我的哥哥默默地成为我人生的参照系。也就是说：我不想成为他。韦德曼在自己的想象中询问兄弟："我对于你来说，也像你对于我一样陌生吗？"我当时会思考同样的问题吗？那时的我知道答案，我也为这答案感到高兴，因为我当时想尽一切办法变得和他不同。在韦德曼这句话里，我也能看到自己的影子："因为我们是兄弟，所以在节假日，家庭聚会会让我们在同一时间处于同一个地方，但你的在场让我感到不舒服。[1]"事实上对我来说，家庭聚会中的一切都让我觉得不舒服，而我哥哥又和这个我已经离开的世界那么契合。对于韦德曼来说，"离开匹兹堡，离开贫穷，离开黑人身份"，并且进入大学是一条自主选择的逃亡之路，当然定期地在这条路上开倒车对他来说是非常艰难的。每次回家，他只能一再地置身于那个不变的、让他想要逃离的现实——同时，他也可以发现，随时间推移，他远离家庭的努力让他变得越来越成功了。但这一切不妨碍他在面对他抛弃的人们时产生罪恶感。这种罪恶感还会伴随着恐惧："害怕自己因为回到匹兹堡，因为重新回到那个环境，自身所携带的贫穷、祸害的标签显露出来。"是的，害怕"在逃跑的过程中周身沾染、连带着那些晦物。害怕人们发现隐藏于我身体内部的怪物，并因此像对待麻风病人一样抛弃我"。他对于自己兄弟的看法其实相当简单："那是你的世界。那个会让我暴露身份的黑人世界。[2]"我可以直接引用这些词句来形容当时我对哥哥的印象：那是你的世界，那是属于工人阶级的文化，那种"贫穷"的文化让我暴露身份，我担心即便我疯狂逃跑，它们还是会残留在我身上。我必须将体

---

1 ［美］约翰·埃德加·韦德曼：《兄弟们和身边的人们》(*Brothers and Keepers*)（1984），法文版译作《我是兄弟的守护者吗？》(*Suis-je le gardien de mon frère?*)（巴黎：Gallimard，"Folio"，1999），页55、56。
2 出处同上，页56、57。

内的这个怪物驱除，让它离我远远的，或者让它变得隐形，使得人们无法在我身上发现它的踪迹。在很多年间，这是我无时无刻不在做的事情。

只需引用韦德曼的这几行话，就可以形容在少年时代，甚至后来一直与我如影随形的重担：这些话就是对我的形容（虽然我也知道，我必须指明这种置换的局限性：虽然我在韦德曼关于家庭关系破裂，尤其是与兄弟关系破裂，或更准确地说是这些关系随他与家庭的距离越来越远和对家庭的抛弃过程中的变化的描述中看到自己的影子，但事实上他的情形与我显然大不相同，因为他出生于一个匹兹堡贫穷的黑人社区，之后成为大学教授和著名作家，而他的兄弟因为谋杀罪被判处了终身监禁。他在这本非常优秀的著作中是要试图理解这个悲剧故事）。

韦德曼的确应该强调这一点：他当时必须选择而且确实做出了选择。我也做出了我的选择。像他一样，我选择了自己。另外，我只是间歇性产生他提到的罪恶感。自由的感觉让我飘飘然，逃离宿命的快乐充斥着我，这些美好的感觉让我无暇悔恨。我毫不清楚哥哥现在如何看待这一切，也不知道关于我们的关系他会发表怎样的意见。比如，如果有人在电视上看到我（我平时尽量不上电视），问他这是不是他的家人，他会怎么说。

当母亲告诉我，我的两个弟弟（一个小我8岁，一个小我14岁）认为我抛弃了他们，他们为此非常难过（至少对于其中一个来说是这样的，他一直都很难过）的时候，我惊呆了！我从来没有问过自己这个问题：他们如何看待我与他们越来越疏离，最后完全断绝的关系？他们对此有何感受？他们如何看待我？对于他们来说我是谁？我变成他们生命中的一个幽灵。之后，他们会向妻子、孩子说起我……但弟媳与侄子们从来没有见过我一面。我的其中一个弟弟闹离婚时，他的妻子（从未见过我）在对他的一长串抱怨中提到："你的哥哥迪迪埃，不就是个抛弃自己家庭的同性恋吗？"怎么能说她说得不对呢？她难道不是仅仅用几个字就道出了关于我的真相吗？

我很自私。我当时20岁，只想着解救自己，却丝毫没有顾忌我的离开会给家庭造成怎样的损失。在上学方面，两个弟弟的命运与我哥哥几乎相同：他们11岁进入初中（后来，所有学生都学同样的课程），因为这是义务教育，而在他们16岁的时候，在其中一个勉强在职业高中上了一段时间的"职业"课程，另一个上了几节文学课之后，他们离开了学校（我因为要写这本书的缘故，与其中一个弟弟通过电子邮件的方式交流。就在最近，他在回答我的问题时说："我不是上学的料。"）。两个人都没有参加中学毕业会考。其中一个想当机械工程师，现在在展会卖汽车。母亲告诉我他挣的钱足够养家。另一个17岁便参了军。他一直留在部队，或者更准确地说，当他获得了一个小军衔后加入了宪兵队。他们当然都投票给右派，就在不久之前，他们还是"国民阵线"[1]的忠实选民，这一状态持续了很久。因此，当我声称反对极右政党当选，或者当我维护移民及无证件人员的利益时，我就是在反对我的家庭啊！但是这句话也可以倒过来讲，是我的家庭反对我所支持和维护的一切，他们反对我，以及我在他们眼中代表的一切（一个不切实际的、无视人民群众遇到的问题的巴黎知识分子）。弟弟们

---

1 Front national，法国一个极右翼政党。——译者注

先是给一个引起我深深恐惧感的政党投票，而后又将票投给一个右派政党（这是一个十分善于骗取选票的、更加传统的右派政党）的总统候选人，他们的行为却似乎符合社会规律，并具有某种社会学上的必然性（而我的政治选择也符合这个规律），对于这种规律我一直感到困惑。于是，我对这种事情的判断不再像从前那么确定无疑了。我们很容易在理论上否定给极右势力投票这件事，我们可以轻易地决定不与"国民阵线"的选民交谈或是握手……但如果我们发现自己的家人把选票投给了他们，我们应该作何反应？说什么？做什么？作何感想？

我的两个弟弟在生存条件上相较于父母有所提升，我们可以称之为社会地位的上升，虽然这种上升仍然在根本上受制于他们的出身。这种上升因为他们的出身，以及这种出身所带来的必然结果而变得十分有限，这些必然结果就是：主动离开学校，然后在非常有限的几个选项中选择自己的职业，这些职业是给这些辍学生准备的，不过他们认为辍学、工作是自己的主动选择。

于是我问自己：我关心他们吗？我曾经在学业上帮助过他们吗？我曾经尝试过培养他们的阅读兴趣吗？因为在思想上意识到学习的必要性并且热爱书籍、渴望读书，不是被普遍赋予的秉性，而它们却与个体的社会地位及其所拥有的社会条件密切相关。就像这个环境中的几乎所有人一样，他们拥有的社会条件使得他们拒绝和放弃了那些让我通往奇迹的东西。我是否应该意识到，这样的奇迹可以被复制，我是否应该意识到这样的奇迹不再那么难以实现，因为他们其中的一个——我！——已经实现了，并且可以将学到的东西以及学习的欲望传授给后来者？但这一切的实现不仅需要耐心和时间，而且需要我和我的家庭保持密切联系。这样就可以阻止他们遵循那一必然规律——离开学校——了吗？这样就足以抵抗社会结构再生产机制（这一机制的有效性是建立在阶级"习惯"造成的惰性之上的）了吗？我没有在任何一个方面成为兄弟们的"守护者"，于是我很难没有负罪感（但已经迟了）。

在感受到"负罪感"之前，我将自己看作教育系统中"被圣迹拯救"的人，也就是说我很快发现我的三个兄弟和我的命运并不相同或相似，我们出生之前就已经开始生效的社会判决对他们比对我要残忍得多。韦德曼在他的另一部小说《法农》（Fanon）中以精妙的方式描述了这种判决的强大力量，以及他自己一直以来对于这种力量的清醒认识，同时讲述了他认为自己被圣迹拯救的感受（他逃脱了预先为他设定的命运）。他的兄弟在坐牢，韦德曼和他的母亲要去监狱探望他。韦德曼意识到自己原本可能成为铁窗后面的那个人，并自问为什么不是他，为什么他可以逃过对于贫民区年轻黑人来说仿佛是不可逃离的命运："监狱中一共有多少黑人，他们被判了多久，我们会被这些统计数字弄得摸不着头脑，我们会被悲剧性的黑人犯罪率以及明显的黑人和白人之间的差距而激怒。我们很难给这骇人的、庞大的、赤裸裸的统计数字一个合理的解释，但有时，我可以通过这样简单的方式来理解它——如果我和我哥哥一样进了监狱，这不会是什么惊人的事，甚至是相当简单的事。我们的命运可以互换，我成为他，他成为我。我记得我们在一张桌子上吃过的那么多顿饭，我们在一个屋檐下度过的那么多个夜晚，我们有共同的父母，共同的兄弟姐妹，共同的祖父母、外祖父母，共同的叔叔舅舅、姑姑姨姨，共同的堂兄弟堂姐妹、表兄弟表姐妹。我想说的，以及统计数字显示的是：如果是我进了监狱，这也完全没什么好奇怪的。"韦德曼迫使我们相信以下事实：虽然有些人（可能数量很多）的道路脱离了"统计数据"，突破了那个可怕的逻辑，但这个无可置疑的事实也丝毫不能否定掉那个"统计数据"所揭示出的社会真相，就像"个人奋斗至上"的意识形态试图让人们相信的事情并不真实。如果我和兄弟们走一样的道路，我会像他们一样吗？我是说，我会投票给"国民阵线"吗？我也会参加反对外国移民占领我们的国家，"好像在自己国家一样"吗？对于他们认为社会、国家、"精英"、"权贵"、"其他人"……做出的侵犯了他们的行为，我也会做出像他们一样的反应，持有像他们一样的说辞吗？我会属于哪一个"我们"？我会反对哪个"他们"？简单地说，我会有怎样的政治倾向？我会用怎样的方式反抗或者适应社会规则？

韦德曼毫不迟疑地讲述着一场指向黑人的战争（他不是第一个也不是唯一一个以这种方式看待美国社会的人：这种观念存在于相当长的思想史以及具体的历史经验中）。他对母亲说："一场指向黑人的世界性战争正在进行，这个监狱的接待室就是其中一个战场。"他的母亲说他太夸张了，她并不这么看问题，她更愿意在这种悲惨的事情发生时将个人责任放在首位。但他坚持自己的观点："我们中的很多人都没有意识到战争的敌人是谁，这是一场由一群毫不留情的敌人发动的全面战争。"[1] 正是

---

1 ［美］约翰·埃德伽·韦德曼：《法农》(*Fanon*)（波士顿—纽约：Houghton Mifflin, 2008），页 62—63。

这样的观念催生了这部小说，在这本书中，他从政治的角度分析了极端分裂的美国，同时对弗朗茨·法农的观点进行了思考，并探讨了法农的作品以及他本人的生活经历对于黑人的意识觉醒、自我肯定，对于自己的骄傲感、政治上的自觉或者简单地说，对于强大的、无所不在的敌人的"剧烈的愤怒之情[1]"所起的重要作用。另外，他的兄弟在少年时期，在被捕之前，在口袋里装着一本《黑色皮肤、白色面具》，他决心有一天要把它读完：这是一本在被阅读之前就已经具有丰富含义的书……我们只需要知道他曾有心信任并依靠那些他认为亲近的人。

是否可以延续我之前进行的"置换"，是否可以说社会（用它日常机制中最普通的运行方式）、资产阶级、统治阶级、不可见的或过于显见的敌人们，正在与平民阶级进行残酷的战争？只要看看法国或欧洲监狱中平民阶级的数量就可以肯定这一点："数据"会非常有说服力，它会显示那些住在贫民郊区的年轻男子（尤其是我们称为"移民后代"的那些人）走进监狱的"悲剧性概率"。将法国城市周边的那些"居住区"描绘为上演酝酿中的内战的舞台并不夸张：这些城市隔离区的状况不停展示着我们如何对待国民中的某些阶级，我们如何将他们置于社会生活和政治生活的边缘地带，我们如何让他们陷入贫困、不稳定、毫无未来的状态；而那些隔一段时间就会在这些区域发生的大型抗议活动只是暗潮涌动的、不间断的碎片式战役积累和压缩的结果。

---

[1] Colère noire，字面意思为"黑色的愤怒"，意指非常愤怒。——译者注

我还想补充，诸如平民阶级遭到教育系统的结构性排斥，以及平民阶级在各种体制的强力之下必然遭受的歧视和压迫，这些可以被统计数据证明的事实不能通过其他更好的方式来解释。我知道人们会批评我落入了社会阴谋论的陷阱，说我假想出了那些居心不良的、黑暗无比的社会机构。就像布尔迪厄批评阿尔都塞的"意识形态国家机器"概念时说的："这一理论倾向于用最坏的功能主义解释一切。"他写道，机制被理解为一种作恶多端的、人们因为要达到某一目而专门设计的机器，他还补充说，"这种对于阴谋的幻象，这种将社会中发生的一切都归咎于一个邪恶意图的思考方式妨碍着人们进行批判性思考"[1]。也许他说得有道理！不能否认，阿尔都塞的理论将我们带至一出老旧的马克思主义戏剧（或者更准确地说是一出老旧的论战），台上，各种社会实体就像演出戏剧（纯粹是学术性的）一般相互对峙。但是我们还是可以发现布尔迪厄的一些表达方式惊人地与他自己极力避免使用的概念非常相近，虽然他更多地使用"客观结果"而非隐蔽的主观意愿这样的表达方式来描述。例如，当他写道："如果一个教育体系在它整个运行过程中都在排斥平民阶级的孩子，还有中产阶级的孩子（程度较轻），那么这个教育体系的实际功能是什么呢？[2]"

"实际功能"！当然了。无可反驳。但就像韦德曼不能因

---

1 ［法］皮埃尔·布尔迪厄:《回答——一次反观性人类学研究》（*Réponse. Pour une anthropologie réflexive*）（巴黎: Seuil，1992），页78。
2 ［法］皮埃尔·布尔迪厄:《雅各宾派意识形态》（*L'idéologie jacobine*）(1966)，文章收于《干预——社会科学与政治行为（1961—2001）》（*Intervention. Science sociale et action politique*，*1961—2001*）（马赛: Agone，2002），页56。

为听到母亲合理的意见就放弃自己对于世界最直接的感受，我没法不将教育系统（它就光明正大地在大家眼皮之下运行着）看作一个地狱式的机器，即便它不是为了达到某个目的而特意设计的，它至少导致了这个客观结果：拒绝平民阶级的孩子们，让阶级压迫变得合法化并持续进行，让不同阶级的职业选择和社会地位差异如此之大。指向被统治阶级的战争正在进行，学校便是战场之一。教师们已经尽其所能！对于社会秩序（它一方面以隐蔽的方式运行，一方面又光明正大；它对社会中的一切施压）所拥有的不可阻挡的巨大威力，他们什么也改变不了，或者说能改变的东西太少了。

三

1

如前所述，在我的童年时期，我们一家子都支持"共产党"，共产党构成了我们唯一的政治视野，以及我们的组织原则。既然如此，投票给极右党派或者右派的情况为什么会在我的家庭里变得可能，甚至有时是非常自然的呢？

工人阶级中有许多人，他们本能地对自己认定的阶级敌人有着发自内心的反感，他们还会乐于隔着电视机屏幕痛骂那些人（这种反抗方式有些奇怪，但作为拥有这样身份以及这样想法的他们来说，这已经是很有效的对抗方式了），但这样一群人，后来是如何开始给"国民阵线"投票的呢？我的父亲就是他们之中的一员，我确定。为什么他们之中相当一部分人在第二轮投票时将选票转投给那些传统右派候选人（过去他们总是被鄙视的对象）了呢（在最后一轮投票，他们还是最终选择了他们在第一轮投票中就选择的，具有漫画般形象的商业资产阶级代表，这一代表也依靠这些选票最终当选了法国总统）？在这过程中，左派官方承担了什么重担呢？他们先是因为青年集体骚乱而获得了政府部门的重要官职，而后就搁置了自己在60年代和70年代做出的承诺，并尽力通过抹除左派的职责（左派从十九世纪中叶开始拥有的主要职责之一，甚至是左派最基本的特点之一，也就是对于压迫及社会冲突的关注，或者说仅仅是希望给予被压迫者一些政治空间）来传达右派思想，他们承担了何种责任呢？不仅是"工人运动"以及它的传统、它的斗争，还有工人阶级本身、他们的文化、他们的生活水平、他们的渴望……在政治领域、知识领域、公共空间中消失了。[1]

上中学时，我是左派（托洛茨基主义），那时父亲经常怒斥那些"想告诉我们应该怎么做"和"十年后想领导我们"的"大学生们"。他那毫不妥协和出于本能的反应在我看来与"历史上工人阶级的主张"相反，这种反应之所以产生，是因为领导工人阶级的是一个仍然受到斯大林主义影响的老派共产党，这一党派首先想要做的就是阻碍那不可避免的革命发生。当我们看到那些曾经鼓吹内战、将无产阶级起义看作神圣事件的那群人后来变成了什么模样，我如何还能认为我父亲是错误的呢？他们总是非常自信，充满激情，只有少数例外，也就是当他们现在想要抹杀平民阶级最微小的反抗欲望时。他们的变化是社会所容许的，他们变成了他们应该成为的样子，他们过去声称是那些人的先锋队，现在成了那些人的敌人，他们变成了自己过去批评为过分保守和过分"资产阶级化"的人。据说68年五月风暴时，马塞尔·菇昂多看到路上的学生游行队伍，向他们喊道："回家吧！20年后你们都会成为公证员的。"这或多或少就是我父亲的所想所感，虽然他们是出于完全相反的原因。他说出了实情。他们可能没变成公证员，而是变成了重

---

[1] 参看［法］斯特凡娜·博德（Stéphane Beaud）及［法］米歇尔·皮亚卢（Michel Pialoux）：《重新关注工人生活——在索肖－蒙贝利亚尔的标致工厂做调研》（*Retour sur la condition ouvrière. Enquête aux usines Peugeot de Sochaux-Montbéliard*）（巴黎：Fayard，1999）。

要人物，在政治、学术、个人生活方面取得了成功，他们的人生轨迹让人惊讶，他们在现行社会秩序下如鱼得水，他们维护着世界现有的模样，非常适应自己的新身份。

1981年，弗朗索瓦·密特朗终于给左派带来了胜利的希望，他成功获得了四分之一共产党选民的支持，共产党候选人在首轮投票只获得了15%的选票，而即使在1977年的立法投票中共产党还曾获得20%或21%的选票。这一在未来彻底崩塌之前的风化，在很大程度上可以被解释为"工人阶级政党"没有能力切断与苏维埃政权的联系并进行自身发展（政党的确受到了苏联政权很大的资助）。还因为它无力将沿着1968年五月风暴发展出来的新运动纳入自己的考量范围内。我们至少可以说，它几乎不符合标志着60年代和70年代，在某种程度上消失于1981年的社会变革及政治革新的愿望。但左派取得胜利，也就是左派组建政府（共产党参与其中）之后，这种胜利转而使平民阶级的幻想彻底破灭，平民阶级之前因为信任将选票投给那些政客，但如今他们却对这些政客彻底失望，他们感到被忽视和背叛了。我经常听到这句话（每次母亲有机会就会对我说）："左派，右派，没有区别，他们都是一样的，都是同一群人在出钱。"

社会党左派[1]发生了巨大的转变，这种转变逐年加深，它还怀着一种可疑的热情将自己置于新保守派知识分子（他们披着革新左派思想的外衣，实则试图抹除那些让左派成为左派的东西）的影响之下。事实上，知识分子中的风气和思想根基

---

[1] La Gauche socialiste，法国社会党的一个分支。——译者注

已经发生了深入而广泛的变化。人们不再谈论探索与抗争，而是谈论"必要的现代化"和"社会重建"；"共同生存"的话题取代了阶级关系的话题；"个体责任"的话题取代了社会对于个人命运影响的话题。压迫的概念，以及压迫者和被压迫者在结构上的两极分化的主题在左派政党的官方政治图景中消失了，兴起的是"社会契约""社会共识"这样中性的概念，在这些概念搭建的框架中，每个个体拥有的权利是平等的（"平等"？多么可耻的笑话！），人们应该忘掉他们"个人的利益"（也就是说人们得在这件事上保持缄默，并任由统治者做他们想做的一切）。整个媒体、政界、思想界都趋之若鹜的，并同时受到左派和右派青睐的（宣扬这一理论的人们通过强调左派和右派在这一问题上的共同看法而竭力抹除左派和右派之间的界限，将左派变成了右派）这一"政治哲学"想要达到怎样的意识形态上的效果呢？其中的利害关系几乎非常明显：一方面鼓吹"自由个体"的概念，一方面试图用历史和社会决定论的想法来消解"自由个体"的理念，这样做的主要目的就是消除已有的关于社会团体的（也就是"阶级"）意识，并以工作权利、教育系统、分配体系中必须实行个人化（或者去集体化、去社会化）来解释福利国家和社会保障制度的消解。过去右派不断提及的这种老旧的说辞和规划，如今也构成左派主张的一大部分。实际上，我们可以这样总结如今的形势：左派政党及其知识分子（党派内部的和属于国家政府的）开始用统治者而非被统治者的语言来思考和说话，他们替统治者（或者与统治者一同）发言而不再为被统治者（或与被统治者一同）发言，于是他们采用统治者视角来看待世界，并轻蔑地（被统治者可以感觉到左派通过暴力的语言表达着他们的轻蔑）排斥被统治者视角。他们所做的至多是在那些充满基督教意味和非功利意味的新保守主义论调中将过去的被领导者和被压迫者（和他们进行的战斗）这样的表达置换为今天的"边缘人群"（和他们似乎本来就有的消极、被动），并在演讲中表现出对他们的关心，他们提出一系列致力于帮助"穷人"以及"不安定因素"和"公司解雇"的受害者的治国措施，将他们视为这些措施潜在而沉默的施用对象。而这一切只是一个聪明、伪善、奸诈的策略，它消除了一切人们对压迫与抵抗、社会制度的再生产与其变革、阶级对立的惯性及其产生的动力这些概念进行研究的途径。[1]

这一政治话语的变化改变了人们对于社会的认识，同时也就改变了社会本身，因为社会在很大程度上就是思想的范畴所建构的，这思想便是人们对于社会的看待方式。但是仅仅让"阶级"和阶级关系这样的表达方式在政治话语中消失，或者在理论范畴和认知范畴中将它们抹去，并不能阻止那些活在"下层阶级"所指的那种客观环境中的人们感觉到他们的群体被整个地抛弃了，那些抛弃他们的人便是向他们兜售"社会团结"和经济自由化的好处，并让他们相信福利国家必然败落的人[2]。于是所有非特权阶层的人转向了那个唯一看起来仍然关注他们，并试图在演说中赋予他们（非特权阶级）的历史经验以新意义

---

[1] 他们将就业的"不稳定"状况归咎于"大众个人主义（individualisme de masse）"的反对者。这样愚蠢的概念可以流行起来，这件事本身就可以让我们更加了解这一可悲的过程：使用这一概念的社会学家只是在描述"社会问题发生质变"这一事实，于是他们就从左派批评家变成了那一小群治国专家、新保守主义者。
[2] 关于经济话语和政策的转变，请参看［法］弗雷德里克·勒巴龙：《学者、政治，及全球化》（博日的贝勒孔布市：Le Croquant，2003）。

的政党。虽然这一政党的领导层中并没有工人阶级出身的人（远远不是工人阶级），不像共产党总是特意将工人中的积极分子选入党派，为了使他们的选民能在他们身上看到自己的影子。与她过去声称的相反，母亲终于承认她曾经给"国民阵线"投票（她特意说明："只有一次。"但我不知道应不应该相信她。为了承认得不那么尴尬，她解释："只是为了给他们个教训，因为他们做得不好。"奇怪的是，对于自己在第一轮投票时投给勒庞（Marine Le Pen，玛丽娜·勒庞，曾任国民阵线主席）的行为，她说："给她投票的人不是真的想让她当选。第二轮投票时我们才正常投票。"）。

人们给共产党投票时，总是确信自己的选择，并乐于公开自己的选择，但投票给极右政党总是一个遮遮掩掩的过程，人们甚至会在面对"外界"（我在家人眼中就是"外界"的一员）的指责时否认自己的选择……但无论如何，这都是一个经过充分考虑的、确定的选择。在第一种情况中，人们通过给"工人的政党"以政治上的支持来建构自己的阶级身份，并为此身份感到骄傲；在第二种情况中，人们默默守护着这一身份中仅存的那些东西，它们不是被忽略，就是被进入政坛的左派官僚所贬低，这些左派官僚都毕业于国立行政学院（ENA）或者是其他专家治国派（technocratique）控制下的资产阶级学校，这些学校生产并教授"统治者意识形态"，而这一意识形态的影响已经超出政治范畴（"现代"——经常是基督教的——左派分子们在很大程度上参与了这一右派主流意识形态的建构，人们如何强调这一点都不为过。所以当人们看到以下情形时并不应该惊讶：一位社会党前任领导人——当然，他在法国北部任职，所以它具有另外一种社会出身和政治文化背景——在

2002年总统大选时急着提醒自己的朋友，"劳动者"并不是一个侮辱性词汇）。我确定对"国民阵线"的投票应该被解释为，至少部分解释为平民阶级为了维护他们共同的身份，或者说至少是一种尊严而做出的举动，因为过去曾替他们代表和维护这种尊严的那群人，后来开始践踏它了。尊严是一种脆弱的、不自信的情绪：它需要一些现实的证明和保证。作为产生尊严的条件，首先，人们不能感觉自己属于被忽视的一个群体或者只是一些干巴巴的统计数据和文件，也就是政治决定中存在的一些无声客体。于是，如果他们过去非常信任的人让他们失望了，他们就将自己的信任放置在另一些人身上。于是他们转向了其他代表，虽然这种支持也是临时的[1]。

那么，他们的求助以这样的面貌出现，应该归咎于谁呢？以这样的方式维持和建构的"我们"的定义是否已经将"法国人"对"外国人"的对抗置于"工人"对"资产阶级"的对抗之上了呢？或者更准确地说，以"下等人"和"上等人"这样的形式来延续的"工人"和"资产阶级"之间的对抗（但这两者并不等同，它们带来的政治结果也不相同）是否又将纳入一个新的维度：国家和种族的维度，"上等人"被解释为鼓励移民的人，"下等人"被解释为在日常生活中为此受苦的人，移民被看作他们所有痛苦的来源？

于是我们可以进一步说，对共产党的投票是一种积极的自我肯定，对"国民阵线"的投票则是一种消极的自我肯定。（在第一种情况中，他们与政党的整个支持者队伍、领导人、政治

---

[1] 关于上述内容，请参看我的著作《一次保守的革命以及它对法国左派的影响》（*D'une révolution conservatrice et de ses effets sur la gauche française*）（巴黎：Léo Scheer，2007）。

话语的关系，以及阶级身份的契合度都是非常深入而确定的；在第二种情况中，这些关系便几乎不存在或者非常微弱。）但无论是在哪种情况下，选举结果都表现为，或者说在实际上变成一个公共群体的宣示，这一群体正是通过个人投票，但同时也是集体投票的方式，让社会听到他们的声音，并通过这种方式让自身成为一个公共群体的一员。给共产党投票的人形成了这样一个集体，他们可以意识到自己所处的群体的存在，这一群体在必须面对自身客观的生存状况的同时也与这一政治传统连接在了一起。同时，还有其他阶层的、与"工人阶级"（作为一个阶级主体来发声）有着共同世界观和诉求的人们加入这一团体。人们相信，将社会阶级对立的相关理念从左派的政治话语中抹除（甚至将其中的关于社会对抗性的基本肯定——原本应该支持对抗中的工人群体一方的诉求——置换为了对于社会运动的控诉，人们将社会运动看作历史遗留物，批判它以及支持它的人太过陈旧，或是将社会运动看作割断社会连接的、政府应该加以制裁的行为），就可以成功剥夺共产党原有选民群体将其自身看作一个有着共同利益和诉求的牢固团体的可能性；人们将个人主义带回他们的观点，并消解他们原有理念所拥有的力量感，将其与无能连接在了一起。但这种无能变成了愤怒。这样的结果无可避免：这一团体的构成发生了改变，被左派新保守主义话语所摧毁的社会阶级找到了新的自我组织和表达观点的方式。

萨特聪明地将投票和选期比作个体化的过程，也就是观点的非政治化过程，它形成的结果是一个"队列（sérialité）"，相反的情况是，人们在运动或者动员中形成了共同的、政治化的思想，它形成的结果是一个"团体（group）"。他的比喻并不能完整地解释客观现实[1]。无疑，他举出的例子是震动人心的：参加过1968年五月大罢工运动的工人们在一个月之后通过选举的方式拯救了戴高乐派的政治体制。但这也不应该让我们忘记：选举行为虽然表面上看起来是个人行为，但实际上也可以作为集体动员的方式来存在，它是一次我们与他人采取相同动作的行为。在这个意义上，它甚至符合"普遍选举"的原则，也就是说被聚合起来的诸多个体意志最后被看作、表达为"集体意志"，而这一"集体意志"应该处于比个人意志更高的位置。在我之前描述的状况中（给共产党投票或者给国民阵线投票），情况是相反的：这是一场通过书写选票进行的阶级战争，这是通过一场场的选举进行的对抗，其中我们可以看到一个社会阶级（至少是这个阶级的一部分）努力证明自己像其他阶级一样存在，努力将其力量组织起来。梅洛-庞蒂承认"投票反映的是休息中的、工作之外的、生活之外的人的意见"，也就是遵循抽象的、个人化的逻辑，但他同时强调"我们的投票充斥着暴力"："每个人都拒绝接受他人的投票。"工人阶级远远没有去追求人民的"共同意志"所可能描述的任何意义，他们远远没有去试图促成共同意见的达成，或者通过少数服从多数的机制实现一个结果，相反地，工人阶级，或者部分工人阶级（就像所有其他阶级：每次左派政党当权，我们可以在资产阶级的反应中看到相同的现象），他们指责选票结果可以反映"共同"意见这样一种自负的逻辑，他们将"大多数"的意见视为那些与工人阶级有着相反利益诉求的敌方阵营的意见。当人们将选票投给国民阵线时，这一建构政治主体身份的

---

[1] [法]让-保尔·萨特：《选举，通向愚蠢的陷阱》(*Élections, piège à cons*)，选自《情景》（巴黎：Gallimard，1976）第十章，页75—87。

过程就是通过与那些过去被他们看作"敌人"的阶级拉帮结派来实现的（至少在选举期间如此）。"工人阶级"和工人（更广泛地说是平民阶级）在政治话语中的消失造成的主要结果，是在左派思想的感召下，工人世界过去所拥有的与另外一些社会阶层（公共部门职员、教师等）的联系断裂了，从而导致了新的"历史集团"（葛兰西提出的概念）的形成。"历史集团"集聚了大群大群的、散落的、脆弱不安的平民阶级，以及商人群体或法国南部生活优渥的退休人群，甚至还有法西斯主义的军人群体和旧式传统天主教家庭，于是这一"历史集团"便在很大程度上与右派甚至极右势力结合了。[1]或许在特定的时间内，这是一种对当权左派，或更准确地说，是对由左派代表的那一政权的指控（因为是左派，所以上述逻辑更加成立）。是的，这一行为被看作唯一的选择。但显然，这一群体（指的是过去积极投票给共产党的那一团体的一部分）在进入新的联盟、新的政治环境时，自身也变得与过去不同了。这一团体中的成员现在会以完全不同的方式思考自身，思考自己的利益诉求，以及他们与社会和政治生活的关系。

对于相当一部分选民来说，投票给国民阵线可能与过去投票给共产党是不相同的：这是一个相对临时，且没那么忠实的选择，他们将自己交付给党派发言人、将自己的话语权赋予党派代表以便在政治舞台上发声的程度也没有过去那么牢固和深

---

1 关于在英国发生的类似的社会、政治、意识形态变化过程（这一过程的结果是形成了一些历史集团，资产阶级和大量的平民阶级一起在选举中选择了右派），请参看[英]斯图亚特·霍尔:《通向重建的艰难之路——撒切尔主义和左派危机》(*The Hard Road to Renewal. Thatcherism and the Crisis of the Left*)（伦敦：Verso，1988）。

入。通过投票给共产党，他们改变了自己原有的散落状态，共产党既表达着他们，也塑造着他们，通过共产党表达出来的集体观点完全不反映选民们那些零散的、不一致的观点；在投票给国民阵线的情况中，选民个体并没有发生改变，通过政党进行的集体发声只是个体本能的偏见的集合，政党只是将这些意见捕捉，而后将其纳入相应的政治纲领之中。即便给它投票的选民并不完全赞同它的政治纲领，但获得选票同时获得力量的政党已经有能力让公众相信它的选民完全支持它的主张。

我们可以倾向于将这一群体看作一个以非自然方式集合的团体——它建立在本能的冲动之上，选民拥有相同的意见，但这种意见是外界强加的，它不是建立在共同思考出的利益诉求或者在实践指导下产生的意见之上的，它更多地涉及一种充满敌意的世界观（反对外国人）而不是一种政治理念（对抗统治阶级）。但这一群体仍然通过共同投票给某一政党的方式形成了一个团体，过程中，这一政党利用了他们的投票（在选民的允许下），选民则利用他们选择的表达方式来让社会听到他们的声音[1]。

无论怎样，我们应该研究在何种情况下，选票只能更多地被解释为（对于所有选民均适用）对于所选择的政党或候选人所提出的政治主张或计划只有部分的，或间接的认同。当母

---

[1] 关于投票给国民阵线的情况，请参看帕特里克·勒英格（Patrick Lehingue）的文章《用数据使选举更客观：关于国民阵线的选民我们了解多少？》(*L'objectivation statistique des électorat: que savons-nous des électeurs du Front national?*)。文章收于[法]雅克·拉格罗耶（Jaques Lagroye）:《政治化》(*La Politisation*)（巴黎: Belin, 2003），页247—278。

亲投票给勒庞时，我问她为什么要投票给一个反对堕胎权利的政党，因为母亲曾经堕过胎，母亲对我说："这两件事没有关系，我并不是因为这个才投票给她的。"在这种情况下，人们如何选择那些自己在意的因素并因此确定自己的选择，而无视另外一些因素呢？也许最重要的是感到自己和这个群体被代表了，哪怕这种代表是不完整、不完美的，也就是说，他们通过支持一些人，从而感到自己也被支持了，他们通过投票，通过那一果断的投票行为，感到自己在政治生活中存在并拥有一席之地。

这两种对立的政治景象（投票给共产党或是国民阵线），这两种将自己建构为政治主体的方式，是建立在不同的理解方式及社会的分裂之上的。（在不同的时间节点，这两种方式可以同时存在于同一个体，但除了时间因素，当我们处于不同的地点、不同的日常生活结构中时，也会出现这种情况：当我们在工厂中感受到共同行动的力量，或是因为感受到他人的竞争而要保护自己的职位，或是当我们去学校接孩子时感受到自己处于一个非正式的家长关系群中，或是当我们因为社区发生的事情而被激怒……不同的情形会影响我们的判断。）这是两种相反，或者至少是相异的、使社会事实显现以及影响统治者政策的方式，但两者并不总是完全相互排斥。这就是为什么不管国民阵线的选民之间有着多么持久和让人错愕的联盟关系，这些选民中的一部分（只有一部分）并不是不可能，甚至是很可能在或近或远的将来支持极左政党。这当然不意味着极左党派会变得像极右党派一样，而一些想要维护自己对"合理的政治"解释权的人却将所有不符合他们定义的观点和自我表达都指责为"民粹主义",他们急迫地指控极左党派会成为极右政党,但这一指责只能反映这一事实:当面对他们眼中的"人民的不理智行为",也就是他们认为不符合自己的"理性"和"智慧"的行为时,他们并不理解阶级是什么。变化的不是党派,而是选民群体(工人阶级、平民阶级),一旦大环境(国内环境、国际环境)发生变化,他们可能会通过投票的方式彻底改变自己在政治这盘大棋中的位置,从而归入另一"历史集团",与其他社会群体结合。但也许这种重新组合的发生会伴随一些如罢工、社会运动等形式的重大事件:因为人们无法轻易解除一段他们在精神上依附已久的政治归属(无论这种归属是稳定还是不确定的),而且人们不能在一天之内便建立起另一种归属,也就是另外一种与自己和他人的关系、另一种世界观、另一种生活主张。

2

然而我知道,那些在 60 年代和 70 年代让平民阶级热血沸腾的感受,从很多角度看,推动甚至催生了国民阵线的政治主张和它在政坛的成功。如果试图从那一时期我的家人们日复一日的言谈中总结出一套政治纲领的话,我们可以发现虽然他们当时选择了左派政党,但这一政治纲领并不会与后来他们在 80、90 年代选择极右政党时有太大差别:排斥移民,支持在就业和社会保障领域实行"国民优先[1]"政策,主张在刑事犯罪的处罚上加强力度,支持死刑原则并主张在广泛的领域运用死刑原则,主张公民可以选择在 14 岁离开教学系统,等等。深入骨髓的种族主义思想是白人工人阶级和平民阶级的主要特点之一,这一事实使得极右政党可能,或者说是轻易地获得了过去共产党的选民群体(或者说是更年轻的那些从一开始就选择国民阵线的选民群体,因为似乎工人阶级家庭的年轻人比他们的上一辈更容易也更一贯地选择极右政党[2])。流行于 80 年代

---

[1] 指拥有法国国籍的公民优先。——译者注
[2] 关于平民阶级中的不同代人与左派和右派关系的变化,请参看前文中提到的帕特里克·勒英格(Patrick Lehingue)的文章。

的攻击马格里布[1]裔家庭的话语如"我们被侵占了,国家都不是我们的了""只有他们有,他们都有家庭补助,就没有我们的份儿了"等类似的抱怨持续了至少三十年,人们在看待马格里布地区来的工作者并与之谈话、交往的过程中,都带着彻底的敌对情绪[2]。在阿尔及利亚战争期间("既然他们想获得独立,他们只要待在自己的国家就好了")和阿国获得独立之后("他们想独立,独立了!那现在就回去吧"),这种敌对情绪就已经展现出来,但在60年代至70年代期间,这种情绪又成倍增加了。法国人对他们的蔑视体现在法国人那时一直用"你"[3]来称呼他们(只对他们如此),用"山羊""老鼠"或类似的词来称呼他们。当时,移民主要是男性,他们居住在卫生条件极差的合租房和旅馆中,那些房东通过给他们提供迫使人放弃尊严的生活条件赚了一大笔钱。而一大批新一代移民的到来(同时伴随着组建家庭、生孩子)改变了既有秩序:所有外来人口都住进了不久之前才新建的公租房社区,而在他们到来之前,这里几乎只有法国人和欧洲其他国家的移民居住。在1960年代中期,当我的父母搬进市郊的公租房,也就是我度过13岁到20岁的地方时,大楼里只有白人居民。在70年代末(那时我已经离开那里很久了),马格里布地区来的家庭开始住进

---

[1] 非洲西北部一带,主要指阿尔及利亚、突尼斯、摩洛哥等地。——译者注
[2] 请参看[法]克莱尔·埃切勒利(Claire Etcherelli):《艾丽斯或真正的生活》(*Élise ou la vraie vie*)(1967)(巴黎:Gallimard,"Folio",1977)。本书对1950年代法国工人阶级中的种族主义情绪和外来移民打工者的生活环境进行了逼真的描述。
[3] 法语中的第二人称有 Vous 和 Tu 两种,Vous 一般翻译作"您",是尊称,一般在较正式的场合或表示尊重时都使用 Vous。Tu 一般翻译作"你"。——译者注

大楼，并迅速成为整个社区人口的主要组成部分。这些转变大大加深了一直以来就存在的、通过日常语言表现出来的种族主义情绪。但因为涉及两种不同层面的、绝少相交的意识，种族主义并不会干扰他们的政治选择，即便他们要选择的这个政党（那个"党"）曾反对阿尔及利亚战争，即便他们要加入的这个公会（la CGT，法国总工会）的官方态度是批判种族主义，即便他们，更泛泛地说，需要将自己归入左派工人的阵营[1]。

　　事实上，当人们给左派投票时，是在用某种方式抵抗这种本能的冲动，也就是抵抗自身的一部分。种族主义的感受无疑是非常猛烈的，再者，法国共产党在很多场合也没少讨好它。但共产党并没有将其视作其政治追求的核心部分。甚至，当人们处于小家庭之外的圈子时，有时会感到必须为此解释。人们经常以这样的方式开始一句话："我从来都不是种族主义者……"也经常以这样的方式结束讲话："所以说，我不是种族主义者。"或者人们把这样的解释插入句子："就像其他地方的人一样，他们那儿也有这样的人……"然后举出工厂中某一个"男孩"的例子，等等。包含着一般种族主义情绪的日常用语需要一定的时间转变成更加直接的意识形态和一致的看待社会的方式，这一过程是在一套设计出的政治主张的影响下发生的，这一政治主张的目的是鼓励这种行为并给予这种行为以政治意义。

---

[1] 在《艾丽斯或真正的生活》中，正是工会内部和与共产党关系密切的工人在工厂内部表现出了他们的种族主义倾向。一些人竟然用阿尔及利亚人和突尼斯人没有参加为了提高工资举行的罢工来为他们自己对于对方的敌对态度正名。

父母离开他们原来的住处，搬家至米伊宗，是因为他们无法再忍受社区的新环境了，他们要逃离那些他们眼中的大量入侵的威胁，这些威胁让原本属于他们的世界一点点地不再属于他们。母亲首先抱怨"一大帮"新来移民的孩子们，他们在楼梯上随意小便大便，长成青少年后又让整个社区处于违法乱纪的笼罩之中，他们让整个区域充满不安、恐惧。她气愤大楼设施总是被破坏，包括楼梯间的墙面、私人地下室的门、大楼入口的信箱柜（刚一修好，马上又被破坏），以及总是莫名消失的信件和报纸。更不用说停在街上的汽车所遭受的破坏：后视镜被打碎、车漆被划出痕……她不能再忍受各个厨房不停传出的噪音和气味，也不能忍受宰牲节期间他们楼上的一家人在浴室宰羊时传出的羊叫声。她的描述是基于事实还是幻想？也许两者兼有。因为我当时已经不和他们同住，也从来不去探望，所以我无法做出判断。每当我在电话里和母亲说她太夸张了（她几乎想不起谈论别的事情），她就会回答："我知道你住的地方不是这样的，你住的社区不会发生这些事情。"我能如何作答？于是我开始思考如何通过世界观和政治思考体系的陈述，改变邻里矛盾（我愿意相信它们确实那样严重）在人们头脑中的样貌。这一邻里矛盾与怎样的历史事实相连接？它有着怎样的社会根源？它凝结和具体化为这样的形态：投票给极右派政党，投票给那些只会鼓励大家用粗暴的愤怒来回应问题的候选人。这具体化的过程是建立在怎样的政治主体自我构成的新方式之上的？既然这种方式已经在政治媒介空间中被允许、被传播，由它产生的本能的理解范畴和划分社会的方式（"法国人"对抗"外国人"）越来越明显地占领了人们的头脑，越来越广泛地蔓延在人们的日常谈话中：小家庭、大家庭、商人之间、街头巷尾、工厂里……于是我们见证了过去被法共影响的那些社会、政治阶层中间出现了种族主义的具体化，还见证了一种政治转向：它声称自己在回应人民的声音及爱国情绪，但实际上它只是为这些情绪提供了一个相应的讨论框架却并没有改变它们，它只是使恶的冲动和先在的厌恶感合法化了。"法国"平民阶级中流行的"常识"已经被深刻地改变，因为，具体地说，"法国人"的生活质量取代了"工人"或者"左派"男男女女的生活质量，成了他们最关切的事。

种族主义情绪于1960年代在平民阶级中变得日常化，并且在70、80年代进一步加强，我的家庭便是其中一个典型的例子。当时人们不停地（母亲如今依然）使用贬义的、侮辱性的词汇攻击来自北非的打工者，以及来法国与他们团聚的家庭成员，以及他们在当地组建的家庭，以及他们出生在法国的后代（这些后代已经具有法国国籍，但依然被视作"移民"，至少是"外国人"）。这些辱骂可能在任何时间出现，他们每次聚会都会强调它们，以便叠加这种尖刻的敌意："毛鬼""老阿"……因为我的皮肤发棕，母亲过去经常对我说："你长得像个老阿。"或者"你从远处走过来的时候我还以为你是个黑鬼。"我知道，那时我的阶级出身之所以让我感到恐惧，与我每天听到好几次类似用语之后产生的沮丧甚至是厌恶有关。就在最近，我邀请母亲来巴黎过周末，她在谈话过程中不断使用那些词，我很少反驳，我的生活经历正让我无力反驳："老阿""黑鬼""中国佬"……我们聊到她的母亲曾经居住的巴尔贝斯社区（那一街区在很早之前就几乎只有非洲裔和马格里布裔的居民了），她说自己不喜欢住在那里，原因是："在那里，不像在我们这里。"我试图在压制自己不快的同时进行简短的辩驳："但是，妈妈，巴尔贝斯区就是我们这里，它是巴黎的一部分。"她只是简单地回答道："可能吧，但我这么说有我的理由……"我只能嘟囔着："我不同意。"我在心里得出这样的结论：我已经开始书写的这段"回归故里"之旅不会是一段轻松的旅程，它甚至可能是一段无法完成的精神、社会之旅。但思考过后，我开始问自己，母亲的种族主义倾向和她表现出的对于移民打工者，尤其是"阿拉伯人"一贯的恶毒的鄙夷，对她（一个总能感受到自己地位卑微的社会成员）来说，是否是一种通过贬低比她更加悲惨的人来获得优越感的方式。这是一种通过贬低他人，为自己建立一种有价值的形象的方式，这是一种让自己感到自己存在的方式。

1960年代和1970年代，在父母，尤其是母亲的语言中，已经出现两种划分"我们"和"他们"的方式了：阶级的划分（富人和穷人）和种族的划分（"法国人"和"外国人"）。但在不同的政治和社会场景中，话题会更多地转向其中某种划分法。1968年五月风暴期间，大罢工将所有"工作者"不分种族地联合起来，一同对抗"雇主"阶级。当时流行的漂亮口号是："法国工人、移民工人，共同的雇主，同一场战斗。"在后来更加地区化的小型罢工中，这一理念仍然占主流（在这种情况下，边界线转移至罢工者和"不愿罢工的工人"，也就是"黄色工人"之间）。萨特强调这点是有道理的：在大罢工之前，法国工人具有本能的种族主义倾向，他们鄙视外来移民，但罢工运动一旦开始，这些不良情绪便消散了，团结一致成为主流（即便这是部分的、临时的）。所以正是缺乏动员，或者说缺乏将自己看作一个团结的、因为可能被动员所以总是在精神上被动员的社会团体中的一员，才导致了用种族主义的观点划分你我的方式代替了用阶级的观点来划分你我的方式。此后，这一团体（动员性曾经是他们自我认识的基本面，但现在它被左派消解了）围绕在这一新的原则周围，这次是国家的原则：自己"合法地"占有这块土地，却感到被剥夺、被驱赶——人们居住的社区代替了工作单位和社会环境在自我定义和对自我与他人关系的定义中充当的位置。更笼统地说，人们将自己看作一个国家天然的主人和拥有者，于是人们要求成为这一国家所给予的权利的唯一享有者。人们变得无法忍受"他人"获得这些权利（即便只获得很少一点）以至于认为当"他人"分割一部分权利时，自己获得的就会更少。人们通过否认他人合法属于一个"国家"，通过否认他人拥有权利（而这些权利是人们自己希望获得的，但同时，当局和那些替他们发声的人却在否认他们的权利）的方式来获得自我肯定。

当我们解释平民阶级在这个或那个时刻将选票投给右派的原因时，我们还应该自问：我们是否假设了平民阶级天然地应该支持左派，虽然他们并不总是投票给左派，他们从来不是只投票给左派。毕竟，即便是在共产党作为"工人阶级的政党"在选票上大获全胜时，也只有30%的工人阶级给他们投票，即便没有更多，至少也有同样数量的工人阶级投票给了右派候选人（在两派总票数上比较）。这不仅涉及投票，甚至在平民和工人的动员方面，也就是共同参与运动方面，他们也曾经站在右派一边，或者说至少反对左派的主张：例如20世纪初的"黄色"运动，或者同时代爆发于法国南部的种族主义骚乱，或者为反对雇用外国工人所组织的罢工运动[1]……许久以来，许多左派思想家试图解密这一现象：他们援引葛兰西，葛兰西曾在他的著作《狱中札记》中讨论了为什么第一次世界大战结束时，在意大利，虽然促使社会主义和无产阶级革命爆发的条件似乎都具备，但革命还是流产了，或者更准确地说，以法西斯革命的形式爆发了；他们还援引威廉·赖希，赖希在1933年出版的《法西斯主义的群众心理学》中分析了平民阶级转向法西斯主义的过程。因此，工人阶级和左派之间看起来很明显的联系实际上可能并不像人们想象的那样理所当然，它更应该被解释为是一些理论（如马克思主义）在战胜另外一些理论时历史地塑造了这一现象，这些理论塑造了我们看待社会的方式以及我们的政治范畴[2]。

就像家族中所有他们的同代人一样，我的父母在投票给右派和极右政党（也不是每次都投给右派）之前也自称是左派（我经常在家族圈子里听到这样的话："我们，是左派……"似乎人们无法想象还有其他的可能性）。我的兄弟们，就像家族中部分他们的同代人一样，向右派寻求身份认同（在很长的时间

---

[1] 关于法国平民阶级（尤其是左派工人）的种族主义倾向和反犹主义倾向，以及右派工人运动，请参看：[以色列] 泽维·斯顿赫尔：《革命的右派，1885—1914》(*La Droite révolutionnaire, 1885—1914*)（巴黎：Fayard，2000），主要参看第4章《左派的反犹主义》(*L'antisémitisme de gauche*)及第6章《无产阶级右派：黄色工人》(*Une droite prolétarienne*)。还请参看同一作者的著作：《非左派非右派——存在于法国的法西斯意识形态》(*Ni droite ni gauche. L'idéologie fasciste en France*)（巴黎，Fayard，2000）。
[2] 关于反对左派和马克思主义的理论（为我们思考工人阶级生产状况和工人阶级在社会中的地位和作用提供另外一种思考框架），请参看：[以色列] 泽维·斯顿赫尔：《革命的右派，1885—1914》，主要参看第9章《追寻民众基础：法国运动和无产阶级》(*À la recherche d'une assise populaire: l'Action française et le prolétariat*)。

内给极右势力投票），他们甚至不明白为什么人们会觉得这很奇怪：自从他们达到投票年龄，就一直反对左派。过去曾经是左派尤其是共产党选票支柱的工人区，如今成为极右政党一贯的、主要的支持者。那些知识分子宣扬着阶级优越性，并将自己的想法投射在平民阶级身上，他们声称自己关心平民阶级的诉求，热爱平民阶级"本能的智慧"（正因为他们没有在自己的生活中遇到任何一个平民阶级成员——如果在阅读19世纪的文字时读到他们不算数的话——他们对此更加富有热情），但我想，他们恐怕要面对尖锐的真相以及残酷而令人失望的事实了。正是这一神话和骗局，让一些人（为了炫耀他们的新激进主义）像前文中提到的新保守主义所犯的错误一样，坚持认为左派如果想要理解是什么导致了左派的失败并且希望有一天能够克服它重新取得胜利的话，就应该现在放弃挣扎。但"本能的智慧"并不存在，或者更准确地说，"本能的智慧"并没有固定意义，它并不会自然地与这样或那样一种政治形态相联系：个人在社会以及工作组织中的位置不足以决定他的"阶级倾向"或者不足以让他认识到这种倾向（如果没有理论作为媒介；这理论是社会运动以及政党提供给他们的看待世界的方式）。理论赋予某一个时刻的经历以形式和意义，同一段经历依照它们所选择和依靠的不同的理论和主张，可以被赋予完全相反的意义[1]。

这就是为什么满足于宣扬所有人先天"平等"并反复强调

---

[1] 关于对将"经历"看作直接"证据"的理念的批评，以及对政治主张和理论在感知过程和这种感知所伴随的实践和意义上所起的作用的分析，请参看［美］琼·瓦拉赫·斯科特（Joan W. Scott）：《历史的批判理论：身份、经历、政治》（*Téorie critique de l'histoire. Identités, expérience, politiques*）（巴黎：Fayard，2009）中《经历的证据》一文，页65—126。

每个个体都具有同样的"权能（compétence）"的"民主"思想（即便这一思想的作者们赞叹自己发明了这种"丑恶"的思想）从任何角度看都不是一种解放的思想，它从不反思这些理念的形成方式，也不反思这种"权能"引发的结果可以彻底颠覆这一价值理念本身（在不同的地点、情形，在不同的谈话方式中——比如，在这样的讨论中，一种观点可以被看作是绝对首要的政治价值，在另一种讨论中，它也可以被认为与政治认同完全没有关系），即便将它使用在同一人或同一政治群体身上[1]。我不喜欢母亲和兄弟们通过"抽签"的方式，以他们拥有与所有人相同的"权能"的名义，担任社区管理者（他们自己也不是特别渴望）：他们做出的选择也不会与他们在投票选举时表达的观点相异，唯一不同的是他们可能更倾向于选择大多数人的立场。如果我的保留意见冒犯了雅典民主传统的信徒，很遗憾。如果他们的行为看起来可能是充满善意的，那么这件事就更让我担忧了[2]。

那么，在不陷入祈求"阶级斗争"彰显其魔幻性和神秘性（"阶级斗争"如今会让宣扬"回归马克思"的人们心潮澎湃，

---

1 在这一问题上，我援引前文中提到的斯图亚特·霍尔《通向重建的艰难之路》一书中的观点。
2 关于对共有"权能"的赞颂以及将"抽签"作为实现人民权力的管理原则的内容，请参看[法]雅克·朗西埃（Jacques Rancière）：《民主的怨恨》（*La Haine de la Démocratie*）（巴黎：La Fabrique，2005）。朗西埃本人对这一问题也只有模糊的意识，他从来没有明确提出这一问题（当然是如此！而这一事实使他的许多假设变得可以被质疑），因为所有他提到的体现民主的例证都指向他用"斗争"或"运动"（也就是说指向了众多不同意见的汇总和集体表达）。这显示了作为民主根基的"人民的权力"的主体从来就不是一些彼此没有差别的个体：它存在于彼此相异、冲突的各个社会和政治框架之中。对于民主的思考应该将这些框架作为质疑和关切的中心。

他们认为政治主张必须也只能来源于阶级地位，而且人们拥有的政治主张必然会导致"工人阶级"进行有意识、有组织的对抗，以此来摆脱异化，实现对于社会主义的向往，而资产阶级，因为不明白这样似乎有现实指向的概念以及臆想出的现实的意涵，于是也就对它们蕴藏的危险一无所知）的前提下如何对上一章中提到的实际存在的社会阶级和社会冲突、甚至客观存在的"战争"进行思考？

相反，我们应该试图理解为什么平民阶级可以在某些情况下认为自己的生存状况决定了他们必然支持左派，在另外一些情况下却认为自己显然应该支持右派。应该将以下一些因素考虑在内：当然有地区范围和国际范围的经济状况，发生倾向转变的个体在工作上和与人的关系上有何变化，但也需要考虑，而且尤其需要考虑政治话语和讨论时所使用的范畴是以怎样的方式来塑造政治主体化过程的。政党在这一过程中起着重要作用（如果不能说是基础性作用的话），因为我们发现，那些如果没有发言人替他们说话（为了他们的利益或者站在他们的角度来说话）就难以表达自己的人们，正是通过政党发出自己的声音的[1]。它们具有至关重要的作用，因为正是那些经过组织的政治话语，为人们创造了用于感知社会的范畴、他们将自己视作政治主体的方式，并且定义了人们认知自身"利益"以及由

---

[1] 政党的中介作用这一关键因素并未出现在萨特（在他书写关于选举的文章时，他受到左派自发主义的影响）建构的模式中。相反布尔迪厄（Bourdieu）在他的著作《社会科学研究》（*Acte de la recherche en sciences sociales*）中的文章《内阁的秘密——从个人意愿到"集体意愿"》与此相关，n° 140, 2001, 页7—13。

此产生的政治选择的方式[1]。所以永远不应该忽视这个问题：平民阶级必须寻找代理人（除了极少数选举时刻），以及平民阶级拒绝被代理人剥夺权益并因此放弃原有代理人、寻找新的代理人，两者之间的悖论。另外这也是为什么我们应该永远提防所有政党天然地试图保证其对于自身政治生命的支配权的倾向，以及所有政党领导想要保证自身定义何为正当政治行为的权力[2]。

于是我们被引向这一问题：谁有权说话，谁以怎样的方式参与了决定的过程（不仅是提出解决方案，而且还为人们决定了哪些问题是合理的、重要的）。当左派政党无力提出问题并承担人们的渴望和精力时，右派和极右势力就会成功地吸引他们，将他们集合起来。

于是这样的任务就落在社会运动和知识分子批评家头上：建立这样一些政治方面的理论框架和思考方式，以此在最大程度上缓解（不是清除，因为这是不可能的）社会团体尤其是平民阶级此刻具有的消极的热情，并且提供与之相异的视角，勾画另一种未来图景，使之可以重新被称作左派。

---

1 关于这点，请参看斯图亚特·霍尔的著作《通向重建的艰难之路》(*The Hard Road to Renewal*) 中《葛兰西和我们》(*Gramsci and Us*) 一文。
2 这当然需要党内及政府内部知识分子的支持，这些知识分子试图定义什么是政治而什么不是，什么是"民主"的而什么是"反民主"的，等等，这些行为与学术工作应该具有的特质完全相反（学术工作应该是思考社会发展的不同可能性，而不是试图规定它），而民主行为不应该被局限在那些与专家治国主义和官僚主义，也就是与政府机构和掌权阶级联系密切的权威理论家的控制之下。作为这些反民主冲动的揭露和拯救，请参看 [法] 桑德拉·劳吉耶（Sandra Laugier）:《对美国政治的另一种思考——从艾默生到斯坦利·卡维尔的极端民主》(*Une autre pensée politique américaine. La démocratie radicale d'Emerson à Stanley Cavell*)（巴黎: Michel Houdiard, 2004）。

四

1

我初入高中的几年过得太艰难了！我是一个出色的学生，但总是处在被教育体系彻底抛弃的危险之中。如果学校接收的主要是与我同一阶级的学生，而不像实际情况那样主要接收资产阶级和小资产阶级出身的学生，我想我可能会被自动淘汰系统的齿轮绊住。当时，每次起哄都有我的身影，我蛮横无理，我跟给我警告的老师顶嘴并且嘲笑他们。我的行为方式和说话方式，使我更应该被归入坏痞子而不是模范学生的行列。我不记得是怎样的俏皮话让我们班上的一名同学（法官的儿子）在受辱之后对我说道："注意你的言辞！"他惊愕于平民阶级所使用的粗话，他并不习惯听到这些，但他的反应和语气（显然是从他资产阶级家庭的语言宝库中搜索出来的）让我觉得滑稽，于是我变本加厉地使用讽刺和粗俗的语言攻击他。一种强大的社会逻辑让我变成这样一个人，我天真地扬扬自得于自己只是一个命运被提前安排好的角色，这个很早就被设计好的命运就是：过早地退出教育体系。六年级时，一位老师对我说："中学结束后你不会继续读书了。"在我通过这一等级之前，这句评论一直让我处于恐惧中。但从根本上讲，这句蠢话表现出了某种清晰的逻辑：我被认为不能走得更远，或者可能连当时已经达到的等级都不应该达到。

我在皮埃尔·布尔迪厄去世前一个月完成并寄给他的德国编辑的一本小书《自我分析纲要》(Esquisse pour une auto-analyse)中发现了一个形象，他就是少年时期的我的放大版。他在书中描绘了一个"处在违法边缘的叛逆的"少年和青年形象，喜欢"违反纪律"，于是他获得一种"顽固的愤怒"，这使得他在即将参加中学毕业会考时被学校开除。同时，他是一个出色的学生，热爱学习，喜欢安静地连续读几个小时的书，读书时，他便忘记了那些他很少缺席，且常常是煽动者的起哄事件[1]。

可惜，布尔迪厄没能在这里将自我分析更进一步。他在这本书的开头就提醒读者，他只提供一些"从社会学角度看恰当的思路"并且"仅此而已"，明白这一点对于理解他本人和他的著作是必要的。但是人们会问，他是如何替读者筛选哪些是理解那些决定了他研究计划和思想建构的趋向和原则的必要因素的？尤其，人们难以摆脱这样的印象：在这本书的开始部分，也就是描述自己青年时光的部分，他选择书写的内容以及书写这些内容的方式，让人觉得这本书的目的对他来说是描绘他个人的（不良）性格，而非社会驱力构成的逻辑。书中有太多的保留和克制——可能这部分之前的开场语的目的便是为这一精打细算的谨慎进行申辩。他没有胆量继续揭开面纱，他提供的信息是断断续续的，且无疑省略了一些关键方面。他没有说出的事实比说出来的更多。

---

1 ［法］皮埃尔·布尔迪厄:《自我分析纲要》(Esquisse pour une auto-analyse)（巴黎: Raison d'agir édition, 2004），页120、121、123。

例如，他没有解释他是如何成功地协调他的社会地位无法满足学校要求以及他渴望学习、成功之间的冲突和压力，也没有解释后者是如何压倒前者的（关于这段经历，后来，他作为知识分子的生活方式保留了明显的痕迹，尤其体现在他显然不遵守资产阶级的礼仪规范，而这规范在大学生活中处于统治地位，它试图让所有人——违反者就会被驱逐出"学者社群"——遵守一套"科学辩论"的规范，而这套实行的规范实际上是关于政治斗争的），也没有讲述他是如何克服障碍并成功地留在这个他全身心排斥，而又不希望离开的世界中的（他没有将自己描绘成一个"虽然对这个世界深恶痛绝，但却很好地适应于其中"的人，不是吗？[1]）。正是这种双重性使得他成为他如今的样子，也正是这种双重性激发他的学术研究和他后来所有的行为：通过学术的方式继续他的反抗（"顽固的愤怒"）。福柯会称之为"深思熟虑后的反抗"。

他没有提到任何一本他阅读过的书籍，也没有透露任何那些对他来说重要的、赋予他知识和思想品味的东西，因为他可能正沉浸于对这些思想和知识的完全排斥中，就像以下类似的情况：他并不掩饰自己完全认同平民阶级崇尚运动和男性特征的文化，但他拒绝那些与他具有相同价值观的、反智的人们[2]。此外他还强调，随着时间推移，那些与他阶级相同、拥有相同价值观的孩子一个一个地从校园景观中消失[3]。他是如何存活下

---

[1] [法]皮埃尔·布尔迪厄：《自我分析纲要》(*Esquisse pour une auto-analyse*)（巴黎：Raison d'agir édition, 2004），页120。
[2] 同上，页126、127。
[3] 同上，页126。

来的？因为读者已经知道他后来的样子，所以他只需要在书的最后用几页的内容讲述他过去的样子就足够了，也就是那个喜欢闹事，同时又的的确确热爱学习、阅读、知识的青年人。如果他企图清楚地表达，那么他对于自己的描绘就是不完整的。发生在他身上的，逐年的变化是如何实现的，一个来自贝阿恩[1]乡村的孩子，一个会因为在学校学习过"一些文化知识"而困惑不堪的孩子，如何进入为精英准备的巴黎预备班级，然后进入乌尔姆街的高等师范学校（巴黎高等师范学校）？这一蜕变是如何，以及为什么发生的？他又是如何处理双重口音（与父亲讲话时使用的贝阿恩口音和在学校讲的标准法语）的问题，他一到巴黎就会立刻想要改掉自己的口音（伴随着羞耻心，这羞耻既来自社会出身，也来自地域出身），而这口音又会时不时地在谈话中透露出来。性向的问题呢？如果不是相应地短暂地提到了一个"被看作同性恋"的拉小提琴的同班同学应该会承受来自其他人的迫害，因为遵循经典的审美活动和体育运动二元对立的逻辑，他们需要展示自己属于后者而非前者（依照布尔迪厄的描述，从事体育运动的人应该和与他一同打橄榄球并渐渐脱离教学体制的人们属于同一阵营[2]），他自己自然而然的异性恋取向是不是使得他认为根本无须提及或展示与性向相关的一切？

---

[1] 法国旧省份，位于法国西南部。——译者注
[2] 关于工人阶级和平民阶级男孩们对于男性特征的追求（尤其是对于权威的反抗和对于"顺从"的好学生的敌意）以及教育体系对他们的淘汰（也把他们引向工人的工作）之间的关系，请参看［英］保罗·威利斯（Paul Willis）《学做工——工人阶级子弟为何继承父业》（*Learning to Labour. How Working Class Kids Get Working Class jobs*）〔韦斯特米德（G.-B）: Saxon House, 1977〕。

我不禁认为，布尔迪厄在很大程度上依然在用这些相同的感知模式进行思考和表达，或者更甚，出于这些相同的倾向（这倾向根植于他过去的身份），他在这本书的前一部分几乎快要消极地将福柯描述为一个从事"审美活动"的人，依照他自己在最后一章中创立的极端化结构，这一标签将我们带至"运动员"和"同性恋"、橄榄球运动员和音乐爱好者的对立，从而也就带至某种社会与性别的无意识状态。当他向我展示他这篇文章的手稿时，我惊讶于他并没有被看作恐惧同性恋的人[1]。还是在这里，他的自我分析应该更进一步。当他试图在书中解释自己是如何"客观和主观"地看待福柯时，他强调，在所有恰当合理的特征上，他与福柯是相同的，但同时说："只有两个例外，但这两点在我看来对于福柯学术思想的建构起着重大作用：他来自外省一个优越的资产阶级家庭，以及他是同性恋。"他还补充了第三条，"他是、而且称自己为哲学家"，他说，但是这一条可能只是"前面提到的几个因素的结果"。我认为这些评价十分正确，甚至是无可辩驳的。但它的反面也同样成立：布尔迪厄选择成为社会学家的事实，甚至他作品的面貌，可能都与他的社会出身和性向有关。尤其像我们在他对哲学的更普泛的评价中看到的那样，他以社会学和"科学"之名，用一套建立在男性、女性二元对立体系之上的语汇来评价

---

[1] ［法］皮埃尔·布尔迪厄：《自我分析纲要》，页103—104。当布尔迪厄创作这本著作时，他向我展示了他的手稿，并与我讨论了这些问题以及其他一些问题，我将这些内容写入我2004年（也就是他的书出版的那年）的日记〔参看［法］迪迪埃·埃里蓬：《在这一脆弱的时刻……2004年一月至八月手记》（*Sur cet instant fragile... Carnets, janvier-août 2004*）（巴黎：Fayard, 2004）〕。面对我的批评，他回应道，当书籍在法国出版的时候（已经在德国出版），他想要修改这些内容。但他没有时间这样做。

哲学，而他对于自己的行为必定是自知的，因为他曾在对卡比利亚的研究和对大学环境及大学中学科划分的分析中，出色地研究过这种二元对立的体系[1]。

他在著作的最后部分，谈到自己少年时期一方面不适应学校体系，另一方面越来越依赖它。如果说，我在其中的很多方面都看到自己的影子，那么我的经历与他的不同之处在于，在高中的几年间，虽然我依然有冲动想要顺从我的社会阶级强加于我的价值观念，但在中学教育开始后的不久，这种冲动便消失了。我很快就放弃了这个扮演强悍男性角色的游戏（这种攻击型气质一点都不适合我，为了获得它我只能模仿我的兄长和家里的男人们——也有女人们），并越来越明显地脱离了这种典型的平民阶级年轻人的生活方式。我过去与那些，就像布尔迪厄描述的，喜欢大吵大闹、拒绝归顺于校园秩序的人们为伍，后来我开始努力变得与那些拉小提琴的、从事"审美活动"且无意归属于"体育运动"圈子的人们为伍，虽然当时我还在坚持从事体育活动（不久之后我就放弃了体育活动，以此来完全融入我渴望进入的群体，甚至因为体育运动让我变得不再羸弱娇瘦而内心充满苦楚和悔恨，因为在我心中那是知识分子的模样）。也就是说我选择了与平民阶级崇尚男子气概的价值观

---

[1] 关于男性主义（以及阶级）的范畴在学术话语（在这种话语的基础上，社会学将自身塑造为与哲学对立的"科学"）中的作用，请参看［法］乔弗鲁瓦·德·拉加斯纳里（Geoffroy de Lagasnerie），《摩登时代》（*Les Temps Modernes*）No.654 中的文章《社会学无意识——哲学之镜中的埃米尔·杜尔凯姆、克洛德·列维·斯特劳斯及皮埃尔·布尔迪厄》（*L'inconscient sociologique, Émile Durkheim, Claude Lévi-Strauss et Pierre Bourdieu au miroir de la philosophie*），2009，页 99—108。

念相斥的文化归属。因为这是一种"区隔"自己的方式，也就是让自己变得与他人不同，与他人保持距离，建立一种自己和他人之间的差距，归属于青年同性恋、尤其是出身平民阶级的青年同性恋文化，这是一种给自己的"特殊"之处找到依靠和意义的主体化方式，它使得人们可以建立一个自己的世界，打造一种有别于相同阶级人群的行事方式[1]。

事实证明，对我来说，学习校园文化秩序是一个漫长而混乱的过程：一个自然人绝对无法满足它对于身体和精神的约束和训练，如果人们没有机会自童年开始就进行相关训练，甚至意识不到这一规则的存在，那么要获得这种纪律性就需要一定的时间。对我来说这真是一次苦行：这是一个自我教育的过程，或者更准确地说，这是一次再教育，一次通过忘却过去的自己来进行的再教育。对于别人来说自然而然的事情，我若要获得，则需要日复一日、月复一月地接触那样一种时间观念、语言和其他所有将深深改变我的行为习惯、我这个人，并使得我每天回到家中时越来越感到格格不入的东西。简单地说：学校文化所要求的那种自处方式，与我在家获得的方式不兼容，学校教育成功地占领了我，作为条件，我必须和我的故地，也是我仍然所处的世界，一点一点地分离开来，甚至完全逃离。而这彻底的逃离，是一个暴力的过程。但我并未感知到，因为我的许可伴随着这一过程。不脱离（不被排斥出）学校系统，

---

[1] 我在《关于同性恋问题的思考》和《少数派道德》中详细探讨了这个问题。《区隔》（*La Distinction*）（巴黎：Minuit，1979）一书并未将同性恋特殊文化纳入其理论模型——在我向他（布尔迪厄）提出这个问题时，他立刻对我的观点给予肯定。

就意味着与我的家庭分离，与我自己的世界分离。保持这两种社会身份、相安无事地同时归属于这两个世界，是不大可能发生的事情。曾经有好几年，我得不断在两个身份、两个世界中辗转，这两种我应该扮演的角色，这两个社会身份之间的距离越来越远，越来越难以共处，这让分身乏术的我疲惫不堪，这压力变得让人难以忍受，至少让我完全失去了平衡。

进入市里的高中让我直接接触到了资产阶级家庭的孩子（尤其是资产阶级家庭的男孩子，因为当时的教学机构还没有开始混合招收男女生）。班上其他有文化（我的意思是：他们携带着正统的文化）的男孩子们的说话方式、衣着，尤其是他们之间的亲密无间让我意识到我是一个闯入者，一个走错房间的人。音乐课可能是最狡猾也是最残忍的测试，它检测人是否具有我们所说的"文化"，它使人暴露自己与文化有着显而易见的关联性，抑或是生疏感：老师会带许多碟片到课堂上，他不停地让学生试听乐曲片段，当出身资产阶级的学生们忘情地跟唱时，出身平民阶级的学生则私下互相讲些傻乎乎的笑话，或者忍不住放声说话，或者扑嗤一下笑出声。学校系统通过它所有的机构，向它的受众施加一系列社会指令，所有因素会共同作用于那些在屈从指令的过程中遇到困难的学生，让他们感受到一种自己并不属于此地的隔阂感。事实上，我面前有两条路可供选择：一，继续这种本能的反抗，这种反抗没有特定主题，只是表现为总体的倔强态度，包括不顺从、不得体的举止、反感、讽刺、固执的拒绝，最后，就像许多其他人一样，因为外力作用而被无声地剔除出教育系统，但表面上看，这只是单纯由我个人的行为造成的结果；二，便是屈从于学校体制，适应它，接受它的要求，从而成功地将自己留在校园内部。反抗，意味着失败。屈从，意味着自救。

2

在高中阶段，13 或 14 岁时，我与一个同班男孩保持着密切的友谊，他是城市里大学教师（虽然是初级的）的儿子。说我当时爱上了他并不过分，这是一种属于那个年龄的爱。但因为我们都是男孩子，所以显然我不可能向他表达我对他的感觉（这是青少年时期——同时也适用于其他人生阶段——同性恋情愫中最让人痛苦的部分：我们不能向同性表达自己的爱慕。这也解释了为什么我们需要特定的交往地点，因为在那里，人们都知道日常的规则完全翻转了，只要我们知道这些地方的存在而且我们处于造访这些场所的年纪）。我写到"不可能向他表达"这些感受。当然了。但首先，这种表达是对我自身状态的形容。我那时太年轻了，当时（在今天仍旧如此），整个社会文化的组织方式都使得我们在这个年龄不会具有可供我们理解这种超出"友谊"范畴的强烈爱慕情绪的参照系、参照形象和话语体系。一天，音乐老师要求学生们辨认他放给我们的一段音乐，我惊讶地看到这个男孩在音乐放了几个小节之后就举起手，得意地回答道："穆索尔斯基的《荒山之夜》！"而对我来说，这门课程只是一个笑话，这种音乐让我难以忍受，我从来不会觉得创作嘲笑它的段子是件困难的事，但此时的我，首先想要取悦他，于是我面对这一发现哑口无言。他所了解和喜好的，恰恰是我觉得只能作为笑料和排斥对象的东西，是我家里人称之为"高雅音乐"的东西，每当收音机里恰好播放它们时，家人便急匆匆地关掉它并说道："又不是在祷告。"

他有一个好听的名字，而我的名字却很平庸。这在某种程度上象征着我和他之间的社会差距。他和家人住在靠近市中心的优等社区，那是一栋很大的住宅。去他家时，我被震慑住了。我不愿让他知道我住在城郊的新建社区中，每当他问我这方面的问题，我总是含糊其词。然而有一次，也许是因为好奇我住在哪里、什么地方，他在没有提前通知我的情况下就来敲我家的门。虽然这一举动是友好的，虽然我应该将之理解为他通过这种方式告诉我不必为此感到羞耻，但我仍然感觉受到了侮辱。他有年长的哥哥姐姐在巴黎读书，在家庭环境的浸染下，他在谈话时经常提到电影人和作家们的名字：他和我谈论戈达尔的电影，贝克特的小说……在他身边，我感受到自己是如此无知。他让我知道所有这些，更重要的是让我学会欣赏它们。他让我着迷，我渴望变成他的样子。于是我也开始在谈话中提起戈达尔、贝克特，虽然我从没看过戈达尔的电影，也从没读过贝克特的书。他很显然是一个优等生，但从不放过任何一个机会来展示自己无意全情投入到学习生活中，我也试图上演同样的戏码，但我没有那么大的本事。我学着作弊。我装作学富五车的样子。真相重要吗？只有我尽力为自己营造的那个外在形象才是重要的。我甚至模仿他的书写方式（我的意思是，他的书法），直至今日，我书写的信函依然会透露这段距今久远的关系。这段关系只持续了很短的时间。我才刚刚看到它的模样，就失去了它。当时是1960年代末，这一时期在我们两个年轻的灵魂之上印下深刻的、却截然不同的烙印。他热爱凯鲁亚克，喜欢弹吉他，认同嬉皮文化……而我，深深被1968年五月风暴和政治反抗运动所影响：1969年，刚刚16岁的我成为一名托洛茨基主义战士，在接下来的几年，这一身份成为我主要的生活方式。我保持这一身份直到20岁，它也让我开始怀着崇敬的心情拜读马克思、列宁和托洛茨基，而这对我来说是一段具有决定性作用的思想经历，因为是它将我引向了哲学之路。

然而这段友谊，以及这个男孩给予我的帮助，在不经意间，对我起到了决定性的作用：一开始，我的阶级"习惯"让我反抗学校文化，反抗学校强加于人的纪律。我喜欢大吵大闹，不听话，这股不可抵抗的力量毫不费力地使我走上了彻底叛逆的道路。而他则完全相反：文化就是属于他的世界，一直都是。他写小说——幻想类小说，我想跟他走同一条路，也开始写小说。他为自己起了一个笔名，我也决定起一个。当我告诉他时，他嘲笑我，因为我的名字完全是杜撰的（过分雕琢而且荒唐可笑），但他的笔名由他的中间名和他母亲原来的姓氏组成。我无法与之媲美。我不断地被抛至比他低级的位置。他总是不自愿、不自知地对我很残忍。我之后总是遇到相似的情况：在交流过程中通过行为和反应展现出来的阶级性，无非就是社会结构和阶层现实化的结果。友谊也不能很成功地逃脱历史的负担：一对朋友，就是两段社会史试图共存的过程，有时在一段关系的发展中，即便它很短，也是在阶级"习惯"的惰性作用下的两个阶级之间的相互伤害。即便他们对彼此的态度和话语并不具有很强攻击性，也没有故意想要伤害对方，上述事实依然成立。比如，如果我们成长于资产阶级或者只是中产阶级家庭，我们就会经常被假定为是站在他们一边的。就像异性恋人群总是在谈论同性恋，但他们没有想过这些他们谈论的人可能就是他们曾嘲笑和中伤的弱势群体，也如同资产阶级成员同别人谈话时会摆出一副自己有和他们同样的现实和文化经历的样子。他们没有意识到，自己做出这样的假设本身就是对你的挑衅（即便这使你感到愉快，并在你心中唤起——这是一个需要一段时间才能实现的状态——一种骄傲，你感到自己"被看作"一个不是自己的人：一个资产阶级孩子）。这一状况有时出现在最亲近、最长久、最信任的朋友关系中：当我父亲去世时，我对一个朋友（一个继承遗产的人！）说我不会参加葬礼，但我还是应该回到兰斯看望母亲，他说："是的，公证人打开遗嘱的时候你无论如何应该在场。"这句用非常平静的口吻说出的话，如此深切地提醒我平行线是永远不会相交的，即便是在朋友之间。"打开遗嘱"！天哪！什么遗嘱？说得好像我家人有写遗嘱并托付给公证人的习惯似的！再说，要让人继承什么呢？对于平民阶级，各代人之间不会有什么东西要传承，既没有价值观念，也没有财产，没有别墅，也没有公寓，没有老家具，也没有值钱玩意儿[1]……父母亲只有一点点可怜的积蓄，那是年复一年，勉强在存钱箱里攒下的。而且不管怎样，母亲认为那应该属于她，因为那是她和父亲共同从他们的收入中抽取出来，以备不时之需，"存起来"的。想到这笔钱，他们的钱，会落在除她之外的人手里，即便是自己的孩子，她也会觉得这不可理喻，无法忍受。当银行告诉她他们共同账户上的这几千块钱应该被分给孩子们，只有一小部分会分给她自己的时

---

[1] 理查德·霍加特（Richard Hoggart）在《纽博特街33号》（*Newport Street 33*）中提到相关内容。

候,她口吻中带着愤怒宣称:"不管怎么说这是我的钱!我们省吃俭用攒下来这点钱是怕以后万一用得着……"最后她只得让我们签署了一份文件来证明这份"遗产"归她所有。

仍然是那个只在高中短暂交往过的男孩赋予我对于阅读的兴趣,改变了我与文字的关系,这种对于文学和艺术的热爱一开始只是闹着玩儿,后来则变得越来越真实了。从根本上讲,试图探索一切的热情和渴望最为重要,具体的内容会随之而来。多亏这段友谊,我本能的对于学校文化的反叛(它来源于我的社会出身)没有简单地演化为对文化的拒绝,而是转变为对所有与前卫、激进、智性相关的东西都充满热情(一开始,杜拉斯和贝克特吸引我,但萨特和波伏娃很快就取代了他们在我心中的至上地位,以至于我必须亲自见到这些作家并阅读他们的著作。我喜欢他们通常是因为我在某份请愿书的名单中发现了他们,尤其是1968年五月风暴期间和之后:就是以这样的方式我在1969年《毁灭吧,她说》(*Détruire dit-elle*)刚出版时就买下了它,当时 Minuit 出版社版本的封皮给我一种奇妙之感,后来我又爱上了波伏娃的回忆录)。于是我毫无过渡地从儿童时期的阅读习惯——"玫瑰色书房"的"五人俱乐部"系列丛书,在我进入高中之前,里面每一册书都让我享受——跨越至怀着热情阅读现代文学和理论书籍。我掩藏着我对文化、经典著作的无知,我掩饰这一事实:我几乎没有读过我的同龄人读过的书(《战争与和平》《悲惨世界》……),我怀着优越感和对他们的鄙视,嘲笑他们过于保守:他们则将我看作"冒充高雅的人",而这件事显然让我很开心。我自己发明了一种文化,同时也发明了一种个性和人物形象。

那个给予我如此之多的男孩后来怎样了呢？我原本毫不知情，直到几个月之前上网做了调查。我们住在同一座城市，却好像生活在不同的星球。他一直保持着对音乐的热情，似乎因为成功地改编过几张专辑而在音乐界获得了一定的声誉。也就是说没什么遗憾了：少年时期的友谊早已结束，我们还能说什么呢？毕竟，这段关系只持续了三四年。而且我猜测，这段关系对他来说并没有对我来说重要。

我在学业上的选择也带着弱势阶级的印记。对于应该选择哪些方向，我们完全不了解必要的相关信息，我们没有任何选择优等学科的策略：我选择的是文科，而实际上理科才是更好的选择（当时的优等班级是理科班，不过我确实在三年级时就放弃了数学，而对"文学"更感兴趣），我在五、六年级时古希腊语非常出色，但四年级时放弃了古希腊语的学习，我说服自己这没什么用——但这很大程度上是因为我提到的那个男孩决定放弃这门课，而我会通过他的选择来判断什么是应该的，什么是不应该的，我把和他留在一个班级当作首要目标——只留了拉丁语，但我对它的兴趣也越来越淡；不过也有一次，我与我的"指路明灯"做出了相反的选择，我将西班牙语选为我的第二语言，而没有选择德语（资产阶级的孩子以及从事学术活动的人的选择）。从学习成绩上看，西班牙语班级集合了学校中最弱的学生，从阶级构成上看，它尤其集合了来自弱势阶级的学生（统计数据显示，这两个因素有着密切关联）。事实上，这个选择并不是预兆，而是一次直接的淘汰，它意味着或早或晚脱离教育体制，或者说它是一种抛弃（reléguation），它将人们弃至这些以"教育大众化（démocratisation）"为名建立的、低能收容所式的学科，显然，它带来的结果说明它在很大程度上只是一个陷阱。当然，当时的我并不了解这些，我只听从自己的喜恶。我被南方、西班牙所吸引，所以想要学习西班牙语。（就在最近，当我嘲笑母亲想象自己与安达卢西亚有血缘关系时，母亲提醒我："但你也是这样的，虽然你没去过西班牙，但你小时候老是提起那儿。这其中肯定有原因。"）德国和德语带给我一种深深的不悦，甚至是厌恶。关于这个问题，我倒是在阅读尼采，了解《看这个人》（*Ecco homo*）和《瓦格纳事件》（*Le Cas Wagner*）之前就是一个尼采信徒了：将地中海作为地平线，用温暖对抗寒冷，用轻盈对抗沉重，用活泼对抗严肃，用午间的愉悦对抗夜晚的忧伤。我认为我做出了选择，事实上，我是被选择了，或者说我被那些早已为我准备好的东西选择了。当一位文学老师表示出对我学业的担忧时，我意识到学习西班牙语这个选择让我进入了一个二流学科，并迫使我每天和学校中的不良分子混日子。不管怎么说，我很快明白了，我选择的这条路，属于那些和我拥有相同社会身份的人，而不属于那些和我拥有相同学习成绩的人（这意味着，一个平民阶级的孩子哪怕成绩优异，也很有可能走上一条不良的道路，也就是说，总是与优秀——既是社会意义上的，也是学业意义上的——有一段距离，相比之下总是处于较低的水平）。

我进入了"文科"毕业班。可惜，那时我接受的哲学教育事实上是令人痛苦的，甚至是可笑的：一名年轻但无趣的老师，刚刚获得中学师资合格证书（CAPES），他在课上介绍各种概念。有一次，他认真地在课上给我们分段听写："小写a，贝格松的论文，小写b，……的论文。"关于每个主题，他会给我们读他的资料卡片，并提供一些说教式的乏味总结和一些他自己也许也只是从教学手册上了解到、但没有读过的著作。

他丝毫没有问题意识，于是真正重要的部分便消失了。这些内容没有任何意义，他自己也很难对之提起兴趣。他欣赏并向学生们推荐一些可笑的书籍（他借给一些同学路易·鲍威尔的《魔术师的早晨》，和一些类似的荒谬书籍！）。我渴望学会思考和研究，我本打算充满热情地学习，但扁平而老套的教学方式堵住了我的热情。现在轮到你们来厌恶哲学了。我没有机会遇到这样的老师：他的热情会带动整个班级，他让学生永生难忘；他会给同学们介绍许多作家，于是学生们开始狼吞虎咽地阅读他们的著作。不，什么都没有，如果不能说只有无聊，至少可以说是没有色彩。只要有机会，我就翘课。对我来说，哲学是马克思主义，以及马克思援引过的作家们。通过阅读马克思，我开始对哲学思想史充满热情。我读了很多书，于是在中学毕业会考中取得了优异的成绩。其他学科也是同样的情形（历史课上，老师向我提问关于斯大林的问题，我是托洛茨基主义者，我什么都知道！），通过考试对我来说没有困难，甚至可以说是轻而易举。对我的父母来说，这是一件难以想象的事情。他们被搞得一头雾水。

后来我报了文学与人文科学学院。我还需要选择一个专业，我在英语和哲学中间摇摆不定。后来我选择了哲学，这一选择符合我想象中自己的形象，也将自此占据我的生命并塑造我的人格。无论如何，我对自己的选择感到欣慰。成为"哲学系学生"让我内心充斥着天真的喜悦。我不知道有高等商学院（grandes écoles）预备班，或是文科预科一年级（hypokhâgnes）和高等师范学校预科班（khâgnes），也不知道高等师范学校的竞赛招考。在我读毕业班的时候，我甚至不知道它们的存在。事实并不单纯只是这些机构过去，而且现在依然（甚至可能更甚）不接收平民阶级出身的学生,而是这些学生甚至不知道有这些可能性的存在。所以问题并不止在于我一个人。当我听说它们的时候,我已经进入大学了,我当时认为(多么无知!)我要比那些学生优越,他们在我眼里是一群奇怪的人,竟然在通过中学毕业会考之后依然留在高中学习,"进入大学"才应该是所有学生渴望的事情。当时的我并不理解学校中有等级的存在,也没有掌握正确的选择机制,所以我的选择是最具有反作用的,是一条死胡同,与此同时,我还在惊喜于自己的选择,那个知情者们小心避开的选择。事实上,弱势阶级会认为自己实现了过去将他们排除在外的可能性,但是,当他们实现这些可能性的时候,这些选择本身已经失去了在先前体系中所具有的价值和位置。遗弃的过程是漫长的,淘汰是许久之后才发生的事情,但统治者和被压迫者之间的差距是不变的:它通过自我移动的方式进行自我再生产。这就是布尔迪厄所说的"结构的位移[1]"。人们使用"民主化"这一词所描述的,是一种结构的位移,在位移过程中,结构除了外表发生变化之外,事实上仍然保持着原有状态,几乎与之前一样严苛。

---

[1] [法]皮埃尔·布尔迪厄:《区隔》,页145。

3

在我刚进大学的时候，有一天，母亲用一种深思熟虑之后才宣布决定的语气对我说："我们可以帮你付两年的学费，之后，你就得工作了。两年已经不错了。"在她眼里（父亲也一样这么想），进入大学学习到 20 岁已经是一种巨大的特权。我当时还没有完全意识到，在外省大学中学习文科只是——或者说在那时几乎已经是——一条被遗弃之路了。但我当时知道，两年的学习时间对于要找到一条职业出路来说太短，因为要三年时间才能拿到学士学位，四年才能拿到硕士学位。这些文凭的名称让我感觉棒极了，我不知道它们已经开始失去几乎所有价值。但因为我想成为中学老师，要参加中学教师招聘考试，也就是中学师资合格证书和教师资格会考，就必须拥有大学文凭。而且，我不能那么快就离开大学，因为我已经开始对哲学产生强烈的热情。这个哲学当然不是老师教给我们的那个陈旧、无趣的哲学，而是我自学的哲学，在当时来说，主要是萨特和梅洛‐庞蒂。我还对东方国家的人道主义马克思主义者们（les marxistes humanistes）颇具热情，尤其是卡莱尔·科西克（Karel Kosik），他的著作《具体的辩证法》(*La Dialectique du concret*) 对我产生了一种奇异的吸引力，虽然已经不记得这本书的样子,但我记得我是如此喜欢它以至于在两三年间从头到尾读过数次。我还欣赏我读到的第一本卢卡奇(Lukács),《历史与阶级意识》(*Histoire et conscience de classe*)〔我不能接受第二本《理性的毁灭》(*La Destruction de la raison*)〕,还有卡尔·科尔施(Karl Korsch)以及其他几位拥护开放式而非教条式马克思主义的作家,如吕西安·戈德曼(Lucien Goldmann),他是一位被当代人遗忘的社会学家(这种遗忘可能是错误的),但他当时是非常重要的人物,他的《隐藏的上帝》(*Le Dieu caché*)和《人文科学与哲学》(*Science humaines et philosophie*)在我看来是诸多社会学著作中的高峰……我的论文中充斥着对这些作者的引用,这对当时审阅论文的具有反动倾向的老师们来说似乎非常不礼貌〔他们中有两位共同签署过一本叫作《堕胎是一种犯罪》(*Un crime, L'avortement*)的书〕,就像其中一位老师对我说过的一样,他们确定我远远不是他们见过的最优秀的学生,但他们在发回论文时会附加"有原创性的思考"这样的评语,不过他们只能将分数限定在10分(20分满分)之下——于是我习惯了这个10分。有时,如果我想玩一下,在文章中引用拉韦尔(Lavelle)、内东塞尔(Nédoncelle)、乐赛尼(Le Senne)或者其他老师们偏爱的作家,足够幸运的话我能获得12分。我只能靠复现哲学史获得青睐,即便我所还原的柏拉图和康德总是让老师们觉得带有浓重的我热爱的思想家们的痕迹。

当我进入哲学系(这里被一种懒散和令人气馁的麻木所笼罩,与校园中其他学科生机勃勃的景象彻底相反),我就进入一个封闭的世界,在这里,外界的声音和色彩似乎都被禁止了。这里，时间凝固了，只有永恒的静止：在这里，1968年五月风暴，以及伴随这场大型反抗运动的社会、政治、理论批评都不曾存在。当时的我渴望学习和发掘历史上及当下的思想，把握它们与周围世界的联系，但事实是我们被那些平庸而冗长的对于作者和文章的解释压垮了，我们完全可以通过自己阅读来获得这些信息，我们可以比那些拿着工资、应该向我们揭示这些内容的老师们更好地把握这些作者和著述的意义。所有这些都透露着教育系统的本意，而这是从最凄凉最恼人的意义上讲的。当时，全法国到处都在新建大学，我认为人们在新聘教师时并不太注重质量。这一行为被证明是打击人心的：学生数量逐月递减，我在第一年结束时也险些被这场退学潮席卷。事实上退学潮只是一个更普遍现象的放大版，相同点在于，相当一部分坚持到大学的出身平民阶级的学生，无论他选择什么样的专业，都会面临同样的命运：他们需要自己安排学习生活，在经过高中的约束后，他们并没有养成勤奋的习惯，再加上家人不会给他们压力使其继续读书，相反地，淘汰机制会很快在他们身上生效，这一机制的主要原理就是将缺乏兴趣和自动放弃作为离心力。

我曾经历一段不确定时期：一年级结束时，我通过九月份的补考才最终通过考试。这让我感到惊恐。我决定坚持下去。但面对我前文中提到的老师们所代表的某种大学的平庸，我产生一种感觉：尼赞（Nizan）在书中描绘过1920年代和1930年代索邦大学的老师，他"面对这些资产阶级的看门狗感到愤怒"，每想到我身边就有这样的人，我就觉得可乐。但情况并不相同：尼赞如此残酷批评的哲学家们是一些聪明而优秀的教授，他们设法加固这些统治阶级的年轻人对于保持既有规则的愿望。但我的老师们！他们没什么才华，只会重复知识并抽离它们的实质使之变得无用，他们也没有能力对任何东西有所保留，因为他们没有传达给学生任何东西，而这些学生，也是一些没有任何机会在将来的某一天进入统治阶层的人。什么都没有！除非其中某些学生会有欲望观看和阅读其他东西，即便他们只拥有这样的老师，即便这意味着与老师对着干。

显然，构成我思想视野的那些东西对于我的老师们来说是完全陌生的，这会导致一些离奇可笑的事情。例如有一天，当我在报告中提到弗洛伊德时，老师提出异议说他"将一切都归于人类最低级的本能"。还有一次，我提到了西蒙·波伏娃，我被同一位老师（虔诚的天主教徒，他是哲学系的主任）打断，他用生硬的语气说道："您好像不知道波伏娃小姐并不尊重她的母亲。"我想他将波伏娃称作"小姐"（然而这是多么美的称呼）是想要暗示《宁静而死》（*Une mort très douce*）！对于他指称波伏娃著作（讲述了她母亲的死，以及生）的方式，我笑了好几个月。

我们有权上关于普洛丁（Plotin）和曼恩·德·比朗（Maine de Biran）的课程，但无权了解斯宾诺莎（Spinoza）、黑格尔（Hegel）或者胡塞尔（Husserl），似乎这些思想家从未存在过。至于"现代哲学"，课程便止于存在主义（有一名老师在一门学理性很强但信息量很大的课上讲述了"伯格森与存在主义"，展示了所有萨特对于伯格森主义的援引）。在哲学系的四年中，我从未听过关于列维-斯特劳斯（Lévi-Strauss）、杜梅齐尔（Dumézil）、布罗代尔（Braudel）、本维尼斯特（Benveniste）、拉康（Lacan）等人的内容，然而他们的重要性一直以来是公认的，更不用说其他的作家如阿尔都塞、福柯、德里达、德勒兹、巴尔特……他们也已经获得了巨大的声誉。这一切是发生在巴黎的事情，而过去我们是在兰斯。如果我们住在距离首都哪怕只有 150 公里的地方，我们与智性活动（la vie intellectuelle）之间就会存在一道鸿沟，"二战"结束后，智性活动在首都的发展密度已经变得无可比拟。我知道，从根本上讲，我青年时对于哲学的热情与我外省的地域出身以及阶级出身相关联。我选择用哲学的方式来思考，事实上是由我的社会地位所决定的。如果我的大学生活在巴黎度过，或者至少离中心地带（新兴思想与理论生发并受到鼓舞的地方）更近一些的话，我的兴趣点可能会落在阿尔都塞、福柯，或者德里达身上，并且会带着轻蔑看待萨特，因为我之后发现这是巴黎圈中的规矩，在这里，人们更喜欢梅洛－庞蒂，认为他更严肃，因为他在"那个时代"没那么出名（阿尔都塞在他死后出版的回忆录中写道）。然而我今天仍然认为萨特远比梅洛－庞蒂更为有力和新颖，梅洛－庞蒂更是一位教师，一位非常古典的大学教员，再者，在他尚未与萨特决裂时，他的理论在很长时间内都来自萨特理念的启发。更笼统地讲，我会更加执着于跟随现代理论中那些最新成果的步伐。但身处当时当地，我只笃信萨特。他对于那时的我来说就是神圣的萨特。再度回首，我并不为这段过往的痴迷感到遗憾，我更希望自己曾是萨特的信徒而非阿尔都塞的信徒。此外，在经历过这些最初对于理论的热爱许久之后，在我创作自己的作品时，"存在主义"的倾向还是会在我的内心被唤起，这时，萨特会与我之后阅读的福柯和布尔迪厄相遇、融合。

但为了继续热爱我心仪的思想家，当时的我必须先赚钱谋生。当时有许多学生通过半工半读的方式养活自己。如果我不想让自己对于学术的渴望被经济条件（现实的基础）构成的铜墙铁壁彻底拦下，我就必须成为他们中的一员，我的家庭情况每天都在提醒着我这一点。

但一起偶然事件改变了这一切。我不知道我是如何知道这种可能性存在的，也不知道是怎样的想法致使我做出尝试。大学二年级结束时，我报名并通过了 IPES 考试〔它的全称应该是：中学教育师范学校（Institut pédagogique de l'enseignement secondaire），但我并不确定〕。笔试内容是一道综合论述题和对一篇文章的评论。今天，我很难回忆起论述题的题目了。需要评论的文章则是一段叔本华《作为意志和表象的世界》（*Le Monde comme volonté et représentation*）的摘录。当时我刚读过几部尼采的著作，尤其包括他与叔本华之间关系的内容，怀揣着这些刚刚获得的知识，我很轻松就获得了优异的成绩。其他候选人也许被这一陌生而晦涩的段落难住了，没有取得好成绩。成绩公布时，我惊喜地发现录取名单上只有一个人的名字：我的名字。作为唯一一个进入复试的候选人，我还须通过两次口试，但基本已胜券在握。我的社会学成绩只有中等，但外语考试中（我选择了英语），我毫不费力地准确翻译了马尔库塞（Marcuse）的一篇文章，在对文章的评论中，我讨论了他关于萨特的个体"原子化"概念的意见，获得负责面试的英语系老师的表扬，并获得了很高的分数。于是我克服阻碍，将要成为一名"预备老师"：我至少可以领取两年的工资，如果我的硕士论文获得足够高的评分，领取工资的期限甚至可以长达三年（后来的情况也的确如此）。最让人惊讶的是，在整个学习期间，学生不需要付出什么：唯一的条件就是，只要通过招考（中学师资合格证书和教师资格会考），此后就必须在中学任教至少十年。但当时岗位数量十分有限（我曾两次参加中学教师资格会考，第一年名额升至 16 名，第二年名额为 14 名，但候选人有一千多人），所以我没有机会获得这样的职位。要获得职位，反而需要（从那时到现在，这点没有改变）先从预备班和高等师范学校毕业。我的失败是早已注定的。之后我才明白这一事实。对于当时的我来说，这一新的境况最大的意义，以及它带给我的快乐在于：我可以获得一份工资，以此来继续我的学习之路。

我在银行开了户，一收到钱，便在靠近市中心的地方租了一间公寓，虽然父母并不情愿我这样做，他们希望我继续与他们同住，"上交工资"。母亲不能理解和接受的是，既然过去他们一直供养我，我为什么会一有能力养活自己便离开家庭，而不是反过来帮助他们。这件事一定很困扰她。她犹豫过，这是肯定的。但即便我当时仍然未成年（21 岁成年），即便她对此很气愤，她也没有试图阻止我。不久之后，我决定前往巴黎居住。当时我 20 岁，内心充满幻想。我为波伏娃的回忆录以及书中提及的一切着迷，我渴望身处那些她和她的朋友们经常光顾的场所，还有她说起的那些街道，她描绘过的那些社区。现在我明白，那属于一种英雄传奇，在相当程度上是一种神秘化的视角。但这个传奇使我惊叹，使我着迷。事实是，那个时代是这样的：知识分子的生活以及他们与政治、社会、文化的关系拥有一种磁性，使人想要加入那个思想者的世界。我们崇拜大人物，我们将他们作为自己的榜样，我们热望着参与到这项创造性活动中。我们将某个知识分子作为对未来自己的想象，我们希望自己可以写书，可以在激情澎湃的讨论中与他人交换思想，我们希望自己涉身政治，既在实践层面也在理论层面……可以说，西蒙·波伏娃著作的影响，以及自由地作为同性恋者生活的渴望是我移居巴黎的两个主要原因。

我当时仍然是兰斯大学的学生，因为我领取的工资由这所大学发放，所以我几乎每周都要回学校上课，或者可以说是签到。我是在这里获得硕士学位的。我的论文内容是"法国存在主义思想中的我和他人"，在论文中，我讨论了萨特早期著作，包括《存在与虚无》(L'Être et le néant)，还探讨了这些著作和胡塞尔与海德格尔的关系。我没有保存这篇论文，如今对它的内容只有一个模糊的印象。但我记得，在引言末尾，我批评了结构主义，并提到了列维-斯特劳斯，以及福柯的《词与物》，我当时认为他们的重大错误在于"否认历史"。我当时没有读过这两位作者的著作，但我表达了那些对我影响至深的马克思主义作家们共有的主张，特别是吕西安·戈德曼和萨特，其中萨特不断地通过肯定主体的自由性（la liberté du sujet）来反对结构主义思想，他在1960年代将主体自由性重新命名为"实践（praxis）"，通过这一重新命名，他试图重新提出（保留）《存在与虚无》中提出的哲学原则，使之与他后来的马克思主义倾向相调和，也就是为历史决定论留出一席之地的同时保留这一本体论：意识可以彻底摆脱（也就是"虚无化"）历史的束缚、系统逻辑、规则、结构……

我以优等成绩获得学位，同时，得益于中学教育师范学校（IPES）多出的一年，我离开了这所在当时显然属于第三区域的大学，并进入索邦大学（巴黎一大）攻读DEA[1]（大学第三阶段课程），同时准备教师资格会考。因为一些我今天已经无法回忆起的原因，虽然兰斯大学一直向我发放补助，但我已经不需要再回到那里了。也许是因为DEA属于论文准备的第一年，所以学生不再遵守"学区分配"的地理限制。这时我已经来巴黎两年，我终于有机会也成为一名巴黎的大学生……兰斯已经成为过往。我没有理由再回到那儿。我后来便没有再回去过。我的生活已经巴黎化。当时的我很幸福。在索邦大学，我遇到一些优秀的，甚至是极出色的、令人叹服的老师。兰斯的老师与他们相比，简直有天壤之别。在两三年间，我以不间断的方式参加了几个老师的课程。在某种程度上讲，正是在这时，我成为一名哲学系学生。我需要赶上进度（我可以通过与那些和我坐在同一阶梯教室的同学相比较来估计这一进度），我把时间花在阅读上。可以说这是被延迟的哲学教育。我毫无保留地沉浸其中：柏拉图、笛卡尔、康德重新变得生气勃勃，而且我终于可以认真理解斯宾诺莎和黑格尔了……

DEA期间我的学习很顺利，我的论文主题是尼采和语言（我是如何写的？我不记得了。我不确定我是否还留着论文副本）。而后，就像注定的那样，我没有通过教师资格会考。我并未因此受到很大的打击，因为一切都在意料之中。我之前就明白自己没有达到这一水准。

之后我投入到论文的准备当中，我选择研究历史上的哲学家，从黑格尔到写下《辩证理性批判》（*Critique de la raison dialectique*）的萨特。那时我没有想到去研究福柯和《规训与

---

[1] 研究型硕士文凭，可视为博士预备班。——译者注

惩罚》(*Surveiller et punir*)，当时这本书刚刚出版，但我不想，也没有想到要读这本书。不过在不久之后，我阅读了皮埃尔·布尔迪厄的第一本书，以及福柯的第一本书（已经得到公认）。我的理论世界开始晃动。而萨特，顺理成章地，被推至我思想的一处角落，最后在经过大约十五年的内心煎熬后，终于消失。但在当时，为了很好地实施我的论文计划，为了可以第二次参加教师资格考试，我必须找到一份工作。因为在 DEA 这一年结束时我没能通过资格考试，我的生活条件发生了变化：我不再接收工资，所以需要赚些钱养活自己。我成为一间位于雷恩街的旅馆的守夜人，每周工作数次（我清晨八点从旅馆出发直接前往索邦大学上课，下午再回来睡觉。这很是累人，这样的生活节奏我只坚持了几个月）。之后我找到一份夜班工作，工作时间是 18 点至午夜。地点位于近郊，工作职责是维护电脑，当时电脑的样子像高高的金属壁橱，我的工作就是维护那些在机器中轰鸣着的，被存贮在那些像电影胶卷盘一样大的磁条中的数据。午夜时，我得赶到火车站搭乘最后一班回巴黎的列车。这份工作没什么意思，但至少我有时间读书，我把这些关在办公室里的时间用来认真研读需要阅读的作家（我能回忆起那些整夜整夜阅读笛卡尔和莱布尼茨的日子）。当我第二次在教师资格考试中落榜时（虽然笔试成绩很高），我沮丧极了。在有可能成为中学教师这样的希望的支撑下，我在这场考试中投注了大量的精力和希望，但这些都没用。国家教育机构不愿接受我作为中学教师——于是我便免除了在教育体制中服务十年以上的义务，因为我没有办法得到一份"助理教师"的岗位，也就是非正式的候补教师。我也没有办法继续深造以便进入大学工作，我明白这一显然的事实：只有"遗产继承者"，或者在社会身份和经济条件方面均属优越者，才能选择这一职业方向。我试图逃离自己的社会阶层，但这次它再次将我擒拿：我必须放弃自己的论文写作，放弃学术志向，放弃所有与这一志向相关的幻想。我所否认的、关于我身份的事实重新浮出水面，相应的社会规律再次作用于我：我应该寻找一份真正的工作了。但如何寻找？寻找怎样的工作？我这时发现文凭的价值与个人社会身份紧密相关：我的 DEA 教育经历没能让我像其他人一样通向获得博士论文的道路，因为写论文的过程中需要必要的经济条件保证生活（如果一定要在没有条件的情况下坚持写论文，总有一天会意识到这个事实：没有办法，因为工作会占用大量的时间和精力），但不止如此，我在这里揭露了一个事实，因为这事实是如此的显而易见，所以无须再推迟对它的揭露：同样的文凭对于拥有不同社会资源和掌握不同（进行职业规划所必要的）信息的人来说具有不同的价值。在这样的情形下，家庭的帮助、人际关系、信息网络等因素都将影响文凭在工作市场中的价值。说到社会资源，我得说，当时我几乎没有。或者说得更准确些：我当时完全没有社会资源。我也不掌握相关信息。所以，我的文凭没什么价值，或者说，没有很大的价值。

五

1

当我回忆起少年时光，兰斯对我来说不仅代表着家庭和社会身份的束缚，以至于我需要离开它寻求另外一种生活方式，同时，它对于我做出的选择又有决定性的影响，它就像我的耻辱之城。在这里，我曾多少次被称作"基佬（pédé）"或者其他类似的称呼？我不记得了。自从我与它相遇的那一天开始，耻辱就一直伴随着我。当然，我从一开始就认识它……谁不认识它呢？我们在学习的过程中就开始了解它了。甚至在知道它的意义之前，我就已经在家里或者家外听过无数次它的名字了。

我在前文中曾讲述父亲在看电视时会表达自己对政治人物的厌恶。同样地，他也会因为在电视屏幕上看到"性向异常"的人（有时是真实的有时只是推测）而表达对他们的憎恨。如果在一部电影的片头字幕中看到让·马雷的名字，父亲每五分钟就会说："这是个同性恋。""这是个娘娘腔。""这是个基佬。"因为母亲每次看到他都会说她认为他很帅气，所以父亲的憎恨就更强烈了。母亲不喜欢父亲的这类用语，所以总是这样回应他："但他并没有妨碍你什么！"或者"人们可以做自己想做的事情，这与你无关……"有时，她会变换语调，讽刺道:"可能吧,但他可比你有钱。"渐渐地了解自己的欲望所在以及自己的性向,对我来说意味着进入这样一个群体:它被成见所定义,被那些侮辱性的词汇所中伤。意味着我要接受这些侮辱给它的接受者带来的恐惧,意味着我会意识到我可能一辈子都要面对这样的攻击。侮辱是发自过去的传票,它们的含义只来自过去众多不断重复这些词汇的人们。"来自时间长河的令人头晕目眩的词汇",就像热内诗中描述的那样。但这些侮辱对于它的接受者来说,也是一种对未来的投射:他们被恐惧的预感所笼罩,他们所承受的这些词汇、这些暴力将会伴随他们一生。成为同性恋,就是成为靶子,并且,在还未真正成为靶子之前,也就是甚至在还没有意识到自己是同性恋之前,就知道成为同性恋可能成为被我们已经听到过千百次的词汇(我们从来都明白这些词汇的侮辱性意涵)所攻击的对象。在我们之前,便存在着这被大众痛斥的形象,现在轮到我们扮演这样的角色了。以这样或那样的方式,我们需要与自己的角色共处。即便存在众多不同的方式,它们也都会被打上相同的印记,这一印记来自越来越多的谩骂所形成的威力。同性恋并不是一个人们为了避免窒息而发明出来的东西(就像萨特在评论热内时使用的神秘用语),而是加诸我们身上的、迫使我们寻找出路以免窒息的东西。我不禁想到,我与自身社会阶级之间的距离(我努力建立的距离)以及我作为"知识分子"的自我创造就构成了属于我的方式,我通过这一方式来处理自己已经变成的样子,以及只有通过想象自己与某些人不同(我确实与他们不同)才能变成的样子。在前文中,我通过描述自己的求学之路,将自己描绘为一个"奇迹":就我的情况而言,实现这一"奇迹"的动力很可能就是同性恋。

甚至在我还未意识到它是针对我的时候，侮辱性的话语对我来说已经是家常便饭了。我自己就使用过不止一次，在我十四五岁时，在明白了这些词汇形容的就是我这种人时，为了将它们从我身上转移开来，为了保护自己，为了让自己保持清白，我不断将这些话语使用在他人身上：我和班上两三个同学嘲笑学校里另外一个有些女性化的同学，将他称作"娘娘腔"。在侮辱他的同时，我也在间接地侮辱自己，最可悲的是，我模模糊糊地明白这个事实。但当时我却被一种不可抵御的想要证明自己属于"正常人"的渴望所支配，千方百计地想要证明自己并没有脱离"正常人"的群体。也许这是一种既欺骗自己又欺骗他人的方式：一种驱魔术。

可没过多久，我就成为侮辱的直接对象，侮辱性词汇被用来直接形容我这个人。我被它们环绕，甚至被它们定义。它们无所不在，时刻提醒着我自己是违反规则，脱离常轨的人。在高中的操场上，在我居住的社区中……它们无处不在，隐藏着，随时准备出现，而其出现几乎就是无可避免的。17岁时，有一次我看到一辆汽车在大剧院（Grand Théâtre）和法院之间的一条路上减速，车里可恶的家伙们朝着街上的人喊道："基佬！"于是我知道这是一处同性恋相互结识的地方，之后也开始造访这里。这就像一场组织好的密谋，除非那些言语攻击在每个角落不断被重复，否则它就不是绝对强大、完全有效的。我需要学会与之共处。还有别的办法吗？但我从未真正习惯它的存在。每次，那些反复被说起的对于我的侮辱性称呼都像一把刺痛我内心的尖刀，它还让我感到恐惧，因为这意味着即便我试图隐藏，人们仍然察觉到了我的身份，这还意味着我被赋予这一命运，即永远地、随时随地地处在被揭发、被诅咒的状态中。有人在公共场合这样揭发我："你们看看他是个什么东西，他还真以为可以骗过我们吗？"事实上，笼罩我的整个文化氛围都在朝我喊"基佬"，或者是"娘娘腔""鸡奸者"，或者其他卑鄙的用词，只要提到它们，我今天还会回忆起那从未消失的恐惧、伤痛，和它们在我精神深处印刻下的羞愧。我是羞辱的产物。我是耻辱的儿子。

人们会对我说：羞辱是次要的，欲望是第一位的，应该谈谈欲望！的确，正因为我们感受到羞辱试图攻击的欲望，我们才成为羞辱的目标。那时我参加过一段时间（在13到15岁之间）赛艇俱乐部，而且喜欢俱乐部里的男孩子，在我16岁成为一名政治组织的斗士时，我喜欢过组织中的男孩子。我最早的性经历是与两名赛艇俱乐部中的男孩，以及二年级时的一名同班同学，但不是和我提到过的托洛茨基主义组织中的成员。即便他们不具有恐惧同性恋情绪，这些托洛茨基战斗主义者们也是彻头彻尾的异性恋者，至少不太能接受同性恋。当时我们在组织中朗诵关于"性革命"的赖希（Reich）式基督教义，内容是弗洛伊德-马克思主义的，它使用传统马克思主义以及精神分析理论对同性恋进行了批判：这种观点认为，资本主义社会的根基是对力比多的压制和将力比多产生的能量转移至工作，所以性解放将引发另外一种社会和政治体系的出现。文章中包含对同性恋的消极评价，认为同性恋只是一种性禁忌，注定消失。实际上，我每天都感觉到马克思主义中没有我的容身之所，在这里与在其他所有地方一样，我的生活注定是分裂的。我被切成两半：一半是托洛茨基分子，一半是同性恋。两个身份似乎难以共处，事实上，我的确难以让两者和谐共处，而且感到越来越难以同时保留两者存在。我理解为什么1970年代的同性恋运动只有在与这类组织和政治思想脱离关系的基础上才会发生，即便它的某些部分仍然有着强烈的赖希式意识形态[1]。福柯在1970年代中期书写的《性史》(Histoire de la sexualité)在很大程度上就是对弗洛伊德－马克思主义主张的反抗，以及在更广泛的层面上，对马克思主义和精神分析的反抗。他在书中建构了一种新的研究权利和社会变革的方法：他不仅试图将弗洛伊德－马克思主义从批判性思维(la pensée critique)和激进解放主义(la radicalité émancipatrice)中清除出去，还同样坚决地试图清除马克思主义、精神分析、"共产主义假说"，以及拉康理论[2]。那么，顺便说一句，我们如何能不为今天的学术界又可悲地退回到这些陈旧的、僵化的、贫瘠的教条（当然，它们对同性恋运动或者更广泛地说性运动，时常是持敌对态度的）中而感到惋惜呢？这一倒退，就像它不可分割的反面一样，同样由我们在很多年前就开始经历的反动时代中的政治主流所生发和召唤。

因为极少被满足，这些欲望（我的欲望）总是面临被压抑、

---

1 [法]盖伊·奥康让(Guy Hocquenghem)在1972年出版的《同性恋欲望》(Le désir homosexuel)(巴黎：Fayard, 2000, 页154)一书中激烈批评了赖希。关于1970年代发生的同性恋运动中一部分人展现出的对于赖希的狂热，请参看[法]蒂耶里·弗艾尔齐尔(Thierry Voeltzel)：《二十岁及之后》(Vingt ans et après)(巴黎：Grasset, 1978), 页18、29 [这本书的内容是一名20岁的年轻人和一位"年长的朋友"之间的对话，后者便是米歇尔·福柯。我在《关于同性恋问题的思考》(Rélexions sur la question gay)第433—439页中评论过这篇文章]。
2 [法]米歇尔·福柯：《性史》(巴黎：Gallimard, 1976), 第一章：渴望知晓。我在《关于同性恋问题的思考》(Réflexions sur la question gay)一书第三部分、《少数派道德》(Une morale du minoritaire)一书，以及《逃离精神分析》(Échapper à la psychanalyse)(巴黎：Léo Scheer, 2005)一书中书写了我对福柯观点的分析。

被隐匿的命运。如果一种欲望，注定要被压抑、被隐藏、被公众否认，那这种欲望究竟是什么呢？如果一种欲望总是恐惧被嘲讽、被批判、被精神分析，而一旦跨越恐惧的阶段后，又不停地反复肯定和宣扬（有时是以戏剧化、夸张、带有攻击性、"过激"、"异教徒式"、"战斗性"的方式）自身存在的权利，这种欲望究竟是什么呢？这种欲望自身携带着本质性的脆弱，这是一种无时无刻无处不在的、自身可以意识到自身的、永远被焦虑所笼罩的（在大街上、在办公室）脆弱性。而且不仅仅是侮辱，它还包括所有我们听到的贬义的、诋毁的、贬低的、讽刺的、羞辱的词汇，哪怕我们不是这些用语的直接对象。"基佬"这个词以及它的近义词不断地出现在日常生活中：在小学，在中学，在家里……听到这样的词我们感到被打击、被揭露，感到寒心，以至于即使对你说出这些词汇的人并没有想到他们说的便是你，你依然强烈地感受到自己是这些词汇所指的对象，哪怕它们实际上是用来形容别人的，而且只是泛泛地指向一个很模糊的范畴，我们仍然感到自己属于那个被指向的群体，虽然我们竭尽全力地想要脱离它。（这可能就是男同性恋和女同性恋试图脱离自身身份的那种强烈的、持续的欲望的最为重要的精神来源之一，也是为什么有些同性恋人士对于同性恋运动的存在有一种单纯的恐惧，因为同性恋运动旨在展示一个公共形象，确认自己可以在一个私人空间中自得其所，并"有权无视"外界社会，虽然这一幻想已经被他们的个人经验所揭穿，他们每天的生活经验必然证明了私人空间与公共空间是如此不可分割，证明了"私人空间"本身就是公共空间的产物，也就是说，他们最隐秘的心理角落也同样是被性规则下达的指令所塑造的。）真实的侮辱或者潜在的侮辱——也就是我们实际上接收到的以及我们怀疑指向我们的，同时我们试图压制的侮辱，再或者那些让我们感觉到自己在任何地方、无时无刻不受到攻击的那些暴力的、不停歇的侮辱——构成了我们与世界和他人的基本关系。一个个体，作为一个被侮辱的人生活着，作为一个被社会目光与言论所贬低的人生活着。一个通过被命名而被贬低的客体，就是一个被性规则的结构生产出来的屈从的主体（其中言语侮辱只是最显见的一点），而我们所有的意识（以及无意识，只要我们能够清晰地将这紧紧联系在一起的两者分开来）正是被这一过程（这一过程变成了我们塑造自己以及自己个体身份的过程本身）所标志和塑造的。没有什么是纯粹心理的，所以：是性规则和它所规定的等级（这一等级日复一日地生产着心理机制和主体化方式）在起着狡猾而有效的作用。

2

兰斯同时也是我（克服万千阻碍）得以成为同性恋的地方，成为同性恋者指的是在接受并渴望认同自己身份之前，以同性恋者的方式生活。因为在我们试图劝诫自己最好不要成为"基佬"的同时，我们会以同样强烈的程度琢磨如何成为一个同性恋者：如何遇到伴侣（性的、爱情的），以及如何遇到朋友，如何遇到可以自由交谈的人。有一天我们会发现存在一种专门为同性恋交友设置的场所。我是以一个很奇怪的方式发现它的：17岁的夏天，我利用假期在一家保险公司打工，一个公司同事总是在背后嘲笑部门经理，她笑着对我说："他是个同性恋！如果你晚上去剧院附近，就能看到他在那里勾搭人。"与信息伴随而来的是恐吓式的侮辱，但这无论如何是一个让人惊奇的消息。同事口中提到的这位独裁又易怒的小主管的确总是成为他属下年轻女职员们的笑柄。他看上去确信没有人发现自己的性向，但他的一举一动、步伐体态、声音及说话方式，都将他竭力想要掩饰的东西大声宣示给众人。就像许多同性恋一样，他们如此想要掩饰自己的性向以至于他们成问题的性取向占据了他们所有精神，他止不住地谈论它，一有机会就讲关于同性恋的下流笑话或"奇闻异事"（显然流传于他所在的同性恋圈子），而他看起来也真的相信这些指向同性恋的下流笑话可以让他远离任何嫌疑。之后我经常遇到各种形式的与上述情况类似的双重态度，也就是喜好与厌恶共存的态度，这种态度会使（我使用现在时，因为现在的情况依然如此）许多同性恋被迫提及同性恋话题，却是为了炫耀自己鄙视、反感的态度，以此来与同性恋身份（诸多线索可以将他们与它联系起来）保持距离〔就像安德烈·纪德（André Gide）在《纪德日记》中写的那样〕……

即便造访这里的人们会被贴上侮辱性的标签，得知类似场所的存在依然像一扇神奇的大门对我敞开。虽然害怕被熟人认出来，因为出现在那里就意味着是同性恋，但我仍然立刻就迫不及待地想要去那里看看人们会做什么，而且，如果可能，认识一个人。当天晚上或者是第二天，我就骑着轻便摩托车进了市中心。我将车子停在离那条街很远的地方，在那条街上，男人们匆忙地、不声不响地进到一个公共卫生间里，卫生间入口处有几级台阶。还有一些人在街道更远处闲逛，另有人坐在车里，突然开动汽车，然后第二辆车便会跟随第一辆车，两名司机会在他人目光所不能及之处互相交谈。我不记得来这里的第一晚是否有人找我搭讪，抑或我之后才有了这样的经历。无论如何这标志着我进入了同性恋的世界，这也是一条接触同性恋亚文化的途径。我从来没有进到卫生间内部。它让我反感、让我焦虑。当时我还不知道公共卫生间（同性恋术语称作"杯子"）是传统的同性恋交往场所。但这条街和相邻的街道，以及剧院广场、大教堂周围，以及其他不远处，从此构成了我夜间生活的重要组成部分。我曾整夜整夜地在这里闲逛，或者假装在公交车站附近的电话亭打电话，为了让人们看不出我在做什么。

在"第一次"之后的几天，曾告诉我这个地方在哪里的那个同事（任何事情都不可能逃过她的眼睛）半讽刺、半吃惊地对我说："我在剧院附近看到你了，你去勾搭人了？"我编了一个故事："不，完全不是，我去找一个住在附近的朋友。"但我的回答一点都不可信，我的语气一定透露出了我的慌乱，她不再说什么了。她没有对我表现出任何敌意。她流利使用的那些侮辱性词汇证明她可以被归为习惯性同性恋恐惧者，如果我那天鼓起勇气向她坦白了我是同性恋的事实，她会将我归入"娘娘腔"的范畴，在背后嘲笑我，但这些不会影响她在我这里感受到的友善，也不会影响她每时每刻都试图对我表现出的友爱。于是我们之间的关系变得奇怪，怀疑与一些成分复杂而不确定的东西混杂在一起：她知道我的身份，我知道她知道，她知道我知道她知道……我害怕她对别人说出事实（她很可能说了），她通过一些暗示（我希望只有我一个人理解）来玩弄我的恐惧。我经过哥哥的妻子（确切地说是未婚妻，因为他们当时还没有结婚）的介绍来这家保险公司工作两个月，她就是这家公司的员工，只要想到发现我性向的女孩有可能会让她知道真相，我就惊恐不已。她是否这样做了？有可能是的，但表面上一切风平浪静。夏天很快结束了。我再也没有见过那个女孩。但我之后总是遇到类似的情况，在这种情况中，知晓的游戏和权力的游戏相互交叠。二十年后，我读到伊芙·科索夫斯基·塞吉维克（Eve Kosofsky Sedgwick）在《衣柜认识论》(*Epistemology of the Closet*) 中对异性恋拥有的"认识论优越性"进行的分析，当同性恋竭力想要避免被看作同性恋时，异性恋却会以某种方式利用自己对于同性恋的了解，她在书中探讨了这种方式。塞吉维克对这些问题的探讨，尤其是绝妙的关于普鲁斯特的章节，唤起了我深藏于心的旧时经历[1]。

那时，兰斯也有一家同性恋酒吧，许多人更喜欢酒吧提供的隐蔽性，而不喜欢在街上暴露于公众目光中。但我当时没有勇气（也没有权利，因为我的年纪）进酒吧。不管怎么说，怀着彻底的左派思想和知识分子精英主义的我，或者说自认为拥有这些信念的我，在当时认为出入酒吧和夜总会是可耻的，至少是应该被批评的娱乐方式。

上文所描述的那些场所，同时也是一种社交空间，一种学习特定文化的空间：无论是将与我们共度夜晚的人，还是不愿与我们共度夜晚的人，或是我们每次来到这里都能遇到并最终与之成为朋友的人，虽然通常对他们并不太了解，但与他们的对话对于一个年轻的同性恋者来说，都是一种在同性恋世界中进行社会化的过程，都是一种成为同性恋的方式。这是一种沉浸于非正式文化空间的方式：我们会听说城里某个人成为同性恋了，我们学会了各种暗号、特别的用语，以及只有同性恋才使用的说话方式（比如阴性的使用方法），还有一些老旧的笑话，比如"她几点了？"[2]。而且我们会被这些讨论与交谈所启发，或者我们跟随一些同伴回到他们家中，可以发现许多相关的书籍与音乐收藏：讲述同性恋问题的书籍（就是以这样的方式，我第一次听说了热内的名字并急切地阅读了他的著作，除

1　参看［美］伊芙·科索夫斯基·塞吉维克（Eve Kosofsky Sedgwick）：《衣柜认识论》（*Epistemology of the Closet*）（伯克利：加州大学出版社，1990）。《关于同性恋问题的思考》一书深受其观点的影响。
2　用法语表示时间时，按照语法应该使用阳性主语，这里将主语改作了阴性。——译者注

了热内也包括一些影响没那么大的作家），同性恋群体推崇的歌手〔就像许多其他人一样，我开始喜欢芭芭拉（Barbara），我在一位尊崇她的伴侣家里听到她的碟片，然后我发现——也许就是在那个时刻——她是当时的同性恋偶像〕，经典音乐或者歌剧（这些对我来说是一片未知而遥远的大陆，得益于那时的启蒙和激励，在那之后的多年间，我依然怀着巨大的热情探索着这片大陆，不仅成为一名爱好者，甚至成为一名行家，从不错过一次音乐会、演出，有时多次观看同一场演出，还会阅读作曲家们的传记：瓦格纳、马勒、斯特劳斯、布里顿、贝格……），等等。在这些对话过程中，我们有时会听说其他社交场所，这时我们会急着前往；有时我们会听说巴黎的同性恋生活，这时我们便开始幻想它……就这样，常客与新人们在这样的场所中进行的无数次会面，以及会面过程中发生的无数次夜复一夜的非正式交谈，在没有人刻意为之的情况下，经由所有这些个人的"启蒙"，构成了一种文化遗产的传承媒介（当然，这是一种多样化的遗产，它在不同年龄阶段、不同社会阶级，以及不同时代都有所不同，但它们共同构成了一个特殊"文化"——或者，如果人们更喜欢用"亚文化"来形容——的轮廓）。"启蒙"阅读〔我们会想到纪德的《伪币制造者》(*Faux-Monnayeurs*) 以及菇昂多（Jouhandeau）的《纯粹爱情》(*Du pur amour*) 和《男校》(*L'École des garçons*)〕可以充当更广泛意义上的通过教育与学习实现主体化的现象的换喻或者隐喻，就如同古希腊哲学院中精神导师（Directeur de conscience）和门徒之间的关系对于晚年福柯来说充当着一种换喻或隐喻（或仅仅是在绕弯子），来指涉同性恋之间某种宏观的交往过程。

无论怎样，交际场所充当着同性恋生活方式教授者的角色。即便我们对之没有清晰的意识，当智识进行传递时，这一过程就在自然而然地发生。乔治·昌西（George Chauncey）在《纽约同性恋》(Gay New York)（讨论了1890—1940年期间的问题）一书中完美地对上述问题进行了描述和理论研究，我在上文中的论述也得益于他让我更好地把握和理解了这些问题[1]。当我在1990年代中期读到这本书的时候，我在其中发现了许多自己60年代末和70年代初在兰斯的经历，我感到一股奇怪而令人眩晕的无时间感，我把它称为同性恋经历的普遍性。这是一个悖论，因为这本书的目的就是对同性恋世界进行历史化叙述——还有性的等级划分，以及这一等级规定下的，决定同性恋世界如何组织、以何种方式存在的社会和文化行为。昌西想要表达的是，同性恋文化并不是直到1960年代末和"石墙事件"发生之后才出现的，而且，过去的同性恋文化与今天的同性恋文化非常不同。这是一部动人的作品，它可以被看作一部致敬之作，它致敬了所有那些为了活出自己，为了使自己可以按照自己的意愿生活而奋力抗争的人们：纵使主流文化对他们进行不断的威胁、虐待、侮辱、压制、追捕、纠缠、打击、伤害、阻挠、围困……这些同性恋者依然进行着日复一日的、倔强的、不可根除的对主流文化的反抗。此外，他首先研究的一个现象，也就是他研究的出发点，很大程度上来自芝加哥学派发展出的城市社会学，也就是研究城市的社会

---

[1] [美]乔治·昌西(George Chauncey):《纽约同性恋——性别、城市文化及男性同性恋世界的建构，1890—1940》(*Gay New York. Gender, Urban Culture and the Making of a Gay Male World, 1890—1940*)（巴黎：Fayard，2003）。

学：大城市是如何吸引同性恋群体，如何进行自我组织以创造和再创造使同性恋者可以按照同性恋的方式来生活的条件，又是如何建构一片自由空间，在异性恋城市中设计出一个同性恋城市的。当然，这并不是说大城市之外没有同性恋生活！小城市和乡村中同样存在许多同性恋交往场所，也就存在着同性恋之间的社交、来往，虽然它们数量较少，较分散，不易被察觉，但不代表它们不存在。不过两者的规模有很大差别。不管怎么说，我在阅读昌西时看到许多我自己过去的经历，或者是过去作为旁观者见证的事件。特别是，当他形容"同性恋世界"时，描述了所有使我们可以在别处拥有社会生活（我们知道在那里不应该显示自己的同性恋身份）的同时仍然拥有同性恋生活的所有日常活动和各种各样的行为，看到这些内容，我仿佛看到了自己过去的生活场景。这个同性恋世界，以及这些同性恋的生活方式，不仅属于"性向"问题，也是一种对自身主体进行的社会创造和文化创造。我们可以将它们描述为个人主体化和集体主体化的场域、支撑物，或是模式。

不可否认，就像如今许多优秀的作品使我们相信的那样，只属于同性恋（Gay）或者非异性恋（Queer）的时间和地理空间确实存在：不符合"标准"的人们是在哪里以及如何生存的。但同样确定的是：被这些时间-空间所部分定义的人们，并不能永远地生活在这些时间-空间中。这是同性恋或者非异性恋生活的特点，不停地从这一空间转移至另一空间，从这一时间转移到另一时间（从不正常的世界转移到正常世界，反之亦然），对于他们来说是一种能力（或者说是必备技能）。

3

很遗憾，即便在这些同性恋交友地点，我们也会面临各种各样的暴力威胁。我们会在那里遇到奇怪的或者半疯的人，我们总是需要保持警惕。我们尤其会成为小混混进行肢体攻击的目标，或者警察查验身份的对象（这些警察的行为构成了真正的骚扰）。如今情况改变了吗？我怀疑并没有。我第一次经受这样的检查时（当时我应该17岁），是多么恐惧啊，当时警察对我宣称我是一个神经病，需要被治疗，还说他们要通知我的父母，说我一辈子都会被瞧不起……这只是一个开始，之后还发生过一系列与警察周旋的事件，它们总是伴随着羞辱、讽刺，以及言语威胁。几年之后，我已经变得不太担心这件事了：它已经成为我夜间生活的组成部分，当然不是最让人愉悦的一部分，但从根本上讲并不会造成严重后果（对于一个像我这样的人来说是如此，因为如果我们住在一个所有人都相互认识的小城市，或者自己没有合格的身份证件，情况就会更糟）。肢体攻击后果更严重。我曾多次遭受过恐惧同性恋者的极端暴力行为。我很幸运地在没有受重伤的情况下脱身了，但我曾认识过一个男孩，他在遭到一个"打击同性恋"团伙的痛打之后，一只眼睛瞎掉了。我还应该谈论那些年我曾经作为无力的旁观者所目睹的无数次袭击，它们在经过几天、几周的沉淀后，在我心中变成了对于被赦免的、懦弱的庆幸感，以及在见证这些暴力和放纵行为（同性恋人群总是处于对这些暴力的恐惧之中，面对暴力行为他们手无寸铁）后产生的悲伤、厌恶之感。不止一次，我急匆匆地逃出其中一个社交点，勉强逃脱加诸他人身上的厄运。在我搬到巴黎不久后，一天，我走在杜伊勒里花园的开放区域（这是一个同性恋社交点，我喜欢晚上来这里，这里总是有很多人），看到一群明显带有恶意的年轻人从远处走来。他们抓住一个年长的人，开始对他抡拳头，当他摔倒在地，就用脚踢。一辆警车顺着林荫道驶过，当时林荫道紧邻公园。我拦下车，向车里的人喊道："公园里有人被打了！"他们回答："我们没时间救基佬。"然后径直驶去。在所有我因为这样或那样的原因去过的城市里，只要我曾去过那里的同性恋社交点，我就会目睹相同的情节：被愤怒驱使的一帮人冲进这样一个花园或者公园，里面的人们便跑着逃出来，没能及时逃走的人就不可避免地成了一顿拳打脚踢的受害者，殴打有时，但不是每次，还会伴随偷盗（手表、钱夹、护照，有时是皮外套……）。

同性恋聚集点被这些暴力事件所笼罩：每条巷子、每张长椅、每个视线所不能及的空间都见证着这些攻击和肉体伤害的过去、现在，和未来——更不用说精神伤害了。但没什么改变：即便我们或他人经历过这些痛苦，或者我们见证、听说了这些痛苦，即便我们充满恐惧，我们还是会回到这些自由之地。所以这些地方一直存在，因为虽然面临危险，人们依然会继续让这些地方存在。

虽然网络社交平台的出现让同性恋结交潜在伴侣的方式发生了深刻的转变，但从更广泛的意义上说，在同性恋社交的模式中，我刚刚描述的情况当然没有消失。每当我（这并不罕见）在报纸上看到一名男性死在"同性恋经常在夜间前往"的公园内，或者功能相同的地点如停车场、树林、公路服务区，那些旧时回忆就会在我内心被唤起，这时我会重新被抗拒与不解的感受所侵袭：为什么那些和我一样的人们要遭受这样的暴力，要生活在永久的威胁之下。

除此之外还有社会贬抑（dévalorisation sociale）与医学病理化（pathologisation médicale）（精神病学和精神分析学分析同性恋问题时的主张），它们构成另外一种攻击：这不是物理的打击，而是言语的、文化的，它们在公共空间中大行其道（如果不能说无处不在的话），它们是更一般化的恐同暴力的一部分，我们感到自己被这样的暴力所环绕。

是啊，为什么一些人致力于仇恨他人（这种恨在身体伤害中呈现为暴力，在来自知识界和伪科学界的言语伤害中则以委婉的方式呈现）？为什么一些特定群体（男同性恋、女同性恋、变性人，或者犹太人、黑人，等等）一定要承受文化与社会厄运（我们很难追究是什么东西不懈地激发、再激发它们）？很久以来我都在问自己这个问题："为什么？"还有这个问题："但我们又做了什么呢？"对于这些问题，这些是唯一的答案：社会裁决的独断专行，和它的荒谬性。就像卡夫卡在《审判》（Le Procès）中写的那样，我们不可能找到宣布这一判决的法院。它没有具体的地址，它并不存在。我们来到这个世界时，判决早已生效，在我们生命历程中的这一时刻或是那一时刻，我们会成为那个已经被交付社会裁决的人，我们被判处生活在控诉人的指控当中，我们能做的，只剩下勉强地保护自己免受伤害，尽量应付自己的"下流身份"，就像欧文·戈夫曼（Erving Goffman）《污名》（Stigma）一书副标题说的那样[1]。这一厄运，这一我们必须与之共存的判决，在自我的最深处安插了一种不安与脆弱感，还有一种蔓延开来的焦虑，同性恋者的主体化必然带有这一焦虑。

所有这些，所有这些日复一日、年复一年所经历的事实（这些侮辱，这些攻击，这些文化与言语暴力）都印刻在我的记忆当中（我更倾向于说：印刻在了我的生命当中）。这些构成了同性恋生命中的组成部分，就像所有弱势的、被污名化的主体一样。我知道为什么在整个50年代，福柯的早期作品，也就是从他给路德维希·宾斯万格（Ludwig Binswanger）1954年的著作《梦与存在》（Le Rêve et l'Existence）所作的序言〔其中，在他对于存在主义精神病学的关注上，他与之前两年萨特主义者法农（Fanon）在《黑色皮肤，白色面具》中发表的观念相似〕，到1960年完成的《疯癫史》（L'Histoire de la folie），都笼罩着焦虑的情绪，所有词汇都透露出这样的焦虑，他以令人不安的密集度调动着这些概念：排斥、异质身份、消极性、被迫沉默，甚至衰亡与悲剧。乔治·杜梅吉尔（Georges Dumézil）也一样，他喜欢借助洛基神（北欧神话中的诡计之神）来展开他的研究，洛基神拒绝接受既定秩序，违

---

[1] ［美］欧文·戈夫曼（Erving Goffman）:《污名——受损身份管理札记》（Stigma. Notes on the Management of Spoiled Identity）（Englewoods Cliff, NJ: Prentice-Hall, 1963）。关于象征性统治，查看皮埃尔·布尔迪厄:《帕斯卡尔式沉思》（Méditations pascaliennes）（巴黎: Seuil, 1997），页203—204。

反性规则，乔治·杜梅吉尔认为这位斯堪的纳维亚半岛的神明在今天会是一个理想的、拥有密密麻麻病例的病人，在他看来，这是对这位神明的恭维。

当我重新阅读福柯最初这些激昂而充满痛苦的文字时，我在其中看到了自己的影子：我曾经经历过他所描写的东西，他的经历早于我，他找到一种方式将之变为文字。直至今日，我读到每一页内容都会激动不已，那种情绪来自我过去经验的最深处，我会立刻觉得自己与他有着共同的体会。我知道跨越这些阻碍对他来说是多么困难。有好几次，他曾试图自杀。很久以来，他在理性与疯狂的界限之上艰难前进着，勉强保持着平衡（阿尔都塞在自传中准确地评价了福柯，他知道这是一位"不幸福"的兄弟）。他通过放逐自己来逃避（首先去了瑞典），随后将大量精力用在彻底质疑医学病理化（la pathologisation médicale）的伪科学主张。他反对精神病学独自叫嚣的"无理性（Déraison）"这一概念，在众多"越轨行为"中，这一概念尤其包括疯狂（la folie）和同性恋（l'homosexualité），通过这一行为，精神病学制定了正常行为的定义，并将其应用于它选择的、试图保持其从属身份的"对象"。当时，所有福柯理论都是在这一框架下展开的，这一框架便是排斥与话语权的对立、病理化与抗争的对立、压制与革命的对立。

我们可以将《疯癫史》看作一次伟大的学术与政治反抗，一次受压迫的主体对抗规则与压迫的权力的起义。在后来的作品中，他虽然不断地发生着改变，但不变的是这同一目标：思考如何对抗由权力制定规则的主体，思考以何种方式重新创造自己的存在方式。所以他的文字能够如此直达人心并不奇怪（至少打动了他读者中的一些人，因为另外一些人只读无聊的学术评论）：因为他讲的就是我们，就是我们的缺点和精神问题，也就是我们的弱点，但同时也讨论我们的反抗。

毫无疑问，我们可以将《疯癫史》置于我们的书架〔或者是我们的"意识图书馆（sentimenthèque）"，这是帕特里克·夏穆瓦佐（Patrick Chamoiseau）对那些"提醒"我们并帮助我们借助自身力量对抗压迫的书籍的称呼〕上与另外一本伟大著作相邻的位置，这本伟大著作旨在对抗社会与医学界对非主流人群的看法，并试图使得这一人群变得，或者说赋予他们一种具有话语权的主体位置而不再是客体位置，试图让大众听到他们质疑与抵抗他人评价时的声音：这本著作当然就是萨特的《圣热内》（*Saint Genet*）。的确，两者在体量上有区别：在福柯的著作中，在他对病理学和精神分析审查的反抗中，他讨论了自身情况，他思考了自身的经验，他所强调的是自己的声音，他维护的是自己的生活；而萨特，他书写了他人的生活，他试图分析的是一条与自身生活经验不同的轨迹，他尽其所能地心怀同情与热情，试图解释压迫的运行机制以及自我创造的过程。两本著作中，一本诞生于1950年代初，另一本诞生于1960年代初，两者的亲缘关系显而易见（此外，两者很可能是演变关系：我很乐意想象福柯深受萨特影响！怎么可能不是如此呢？）。共同的行为将两者联系在了一起。

我在1970年代末（似乎是1977年）才阅读了福柯这本著作。也就是说，是在阅读过萨特著作之后，如果我没记错，是在1974或1975年。是萨特的著作先影响了我，那时，我处于必须重新塑造自己的阶段，而阅读在这一过程中起着决定性作用。或者更准确地说，那是我决定接受自己身份的时期（当时，周遭的敌意不断地告诉我我是谁,在这一阶段,我开始重新解释这种声音)。而接受自己的身份并重新看待它,改变了一切,或者至少说改变了很多东西。这真的是一个在我内心酝酿许久的、经过长时间的犹豫才最终落实的决定:我不要怀着羞耻与恐惧来度过我作为同性恋的一生。这是个艰难的过程。非常痛苦。我们有可能为此发疯(这种疯狂便是精神分析师们赖以生存的东西,可能就是因为这个原因,他们试图使这种疯狂一直延续下去)。我有能力或者运气(我不知道原因)在相对年轻的时候(19或20岁)完成这一步,我当时对几个朋友说出了我的"秘密",而他们要么是已经知道,要么是早已推测出来,他们不明白为什么我一直不向他们坦白,然后以戏剧化和夸张的方式要求我说出我不可能再保守"秘密"的事情。

如果模仿热内好用比喻的华丽文风,我会这样说:在这个时代,我们将唾液变成了玫瑰,我们将语言攻击变成了美丽的花环,变成了一缕明媚的阳光。总之,这是一个将羞耻变为骄傲的时代……这种骄傲自始至终都带有政治性,因为它挑战了正常的标准以及标准化的体制。所以,我们并不是无中生有地创造了自己的身份:社会秩序强加于我们的东西,我们在此基础上,通过漫长而耐心的努力,塑造了自己的身份。这就是为什么我们永远无法摆脱侮辱和羞耻。更何况外界每时每刻都在提醒我们回归正轨,这便让那些我们想要忘记、有时以为自己已经忘记的感受又重新复苏。《鲜花圣母》(*Notre-Dame-des-Fleurs*)中的人物迪万(Divine),在度过童年和青少年阶段,也就是被耻辱压迫的阶段后,成为蒙马特地区的黑道老大,这时他重新开始用愤怒抵抗别人对他的侮辱,因为他不可能无视围绕他的、不断纠缠他的社会外力(也就是秩序的力量),也就不能无视这一力量在他被伤害的个体心理深处不断造成的影响。我们每一个人都明白这一点，我们在毫无防备的情况下，甚至在认为自己已经对之免疫的情况下，在最普通的场景中，经受这致命一击。如果用戈夫曼（Goffman）的话说，要使这股伤害人的力量永远消失，只是调转这种伤害或者重新解释和理解这种羞辱是不够的。我们总是勉强地在这些羞辱带来的伤害和用骄傲的态度看待羞辱之间保持平衡，艰难前进。我们从来不曾自由，或被解放。我们可以或多或少地解除社会秩序及其压迫力量每时每刻施加在每个人头上的压力。借用伊芙·科索夫斯基·塞吉维克（Eve Kosofsky Sedgwick）[1]精妙的讲法，如果羞耻是一种"使人变化的能量"，那么历史的痕迹从来不会在自我变形的过程中缺席：这种变形包含着过去，仅仅是因为这就是使我们进行社会化的世界，历史在很大程度上留存于我们体内，就如同它留存于包围我们的、我们所生活的世界一样。我们的过去也是我们的现在。所以，一方面我们在重新创造、重新建构自己（它就像一个永远不能完成的任务），但另一方面我们什么也没有创造，什么也没有建构。

所以用改变或者"行动力"（agency）来对抗决定论以及社会秩序和性规范自我再生产的力量，或者用"自由"的理念对抗"再生产"的理念是徒劳无功的，因为这些维度之间的联系无法割裂，它们之间相互重叠相互影响。虽然决定论并不是

---

[1] ［美］伊芙·科索夫斯基·塞吉维克（Eve Kosofsky Sedgwick）：《触摸的感觉——情感、教育、表演性》（*Touching Feeling. Affect, Pedagogy, performativity*）一书中的文章《羞耻、戏剧性与同性恋表演性：亨利·詹姆斯的著作〈小说艺术〉》（*Shame, Theatricality and Queer Performativity: Henry James' The Art of the Novel*）（达勒姆：Duke University Press，2002）。

承认没有任何东西可以被改变,但它认为,异端行为(它挑战着不断被重复宣扬的正统理念)的影响是有限而相对的:绝对的"颠覆"并不存在,它不比"解放"更真实;我们在特定时刻颠覆了一些事物,我们稍稍改变了自己的位置,我们只是较之前有一点变化,向旁边挪了一小步。用福柯式的术语说就是:不应该幻想不可能实现的"解放",我们至多可以跨越一些历史设置的、约束我们生存的边界。

我当时的基本观点便是萨特在那本关于热内的著作中写的:"重要的不是我们将自己变成了什么,而是我们在改变自己时做了什么。"这句话很快成为我生活的准则。这是一条苦行的准则:一场自己改变自己的劳作。

然而这句话对我的生活有着双重影响,也就是在性的方面和社会的方面,两种影响程度相当,方式却相反:一方面,我承认并追求自己遭到侮辱的性取向,另一方面,我试图将自己从自己的社会出身中抽离出来。可以说:一方面,我成了自己本来的样子,另一方面,我拒绝自己应该成为的样子。对我来说,两段变化是同时进行的。

从根本上讲,我被两种社会判决所影响:阶级的判决与性向的判决。我们从来都无法逃避这样的审判。我身上携带着这两场审判的痕迹。但因为在我生命中的某个阶段,两者相互排斥,所以我必须将自己塑造为其中一个角色,来对抗另外一个。

终章

1

　　我今天之所以成为这样的我，是两段历程交错影响的结果。我来到巴黎时抱着两个期望，一个是自由地作为同性恋生活，一个是成为"知识分子"。实现第一个计划并不是非常困难，但第二个计划却落空了：在我成为中学老师的努力以及完成博士论文的努力失败之后，我处于失业而无望的状态。我被同性恋亚文化提供的资源所拯救。同性恋社交场所在一定程度上是一个阶级混合的场所，我们会在这里遇到我们在其他场合不会遇到的人，其中既有属于其他阶级的人，也有来自遥远地域的人。这使得团结一致与互帮互助成为可能，这一现象与前文中提到的"文化传递"一样，只有在它们实际发生的时候，才能被直接地经历和感知为它们本身。在一个非常受欢迎的社交场所（圣母院后面的公园）中，我曾认识了一个男孩。当时我25岁。我不再知道自己应该做什么。我很难接受这一明显的事实：我必须放弃我从进入大学开始就天真地幻想的自己将来能够生活其中的乌托邦。当时的我漂浮不定、犹犹豫豫、满怀焦虑。我将来会变成什么样子？一天晚上，这个男孩请他的一个朋友一起到家里吃饭，她在《解放报》（*Libération*）工作，这是一份诞生于1970年代初期、在萨特和福柯的支持下创立的期刊，属"战斗"一派。我们一见如故。我们之后再次见面，她向我约稿……面对这个出奇的机遇，我固执地把握住了它。就是这样，我渐渐地成为记者。更准确地说：文学记者。我写书评，做采访（我的第一次采访是与皮埃尔·布尔迪厄谈论他的《区隔》：当时的场景历历在目）。这一职业对我来说是一个从未料到的进入知识分子圈的方式。我从未在少年时期或者大学时期做过这种幻想。但这和我的梦想很相似。我经常与出版商吃午饭，或者拜访作家……很快我与他们中的一些人建立起友谊，甚至与布尔迪厄和福柯等人建立起密切的友谊。当时我刚刚放弃了博士论文的写作，但在存在之偶然性的作用下，我得以与现代思想领域的大家频繁来往，这些之所以成为可能，是受到了必要的社会连接和偶然决定的影响。我没有在这家报社工作很长时间：它已经变成保守革命（la révolution conservatrice）的主要传播工具之一，我在这本书中曾多次谈到这一问题。在政治—知识界（le champ politico-intellectuel）有组织地转向右派（组织性非常强）之前的大范围进攻中，哲学和社会科学界，以及它们进入公共空间尤其是媒体空间的动作在其中起着核心和决定性的作用。布尔迪厄和福柯对我影响至深，我致力于维护批判性思想和"68事变"的遗产……很快我在这里就变得不受欢迎了。但我有时间了解了这一职业。一家期刊的老板不能忍受布尔迪厄对他以及这家期刊中专栏文章的蔑视，这对他来说变成了他个人的心头刺，于是他邀请我加入他的团队，来改变这一状况。我不喜欢这家报社，从没喜欢过。另外，它比我之前离开的那家期刊更加深入地投入到了新保守主义转型当中。我犹豫了很久（为了让我接受邀请，布尔迪厄反复对我说："首先应该养活自己。""我给你安排一场访谈，这样，你接下来的两年就可以安心了。"）。无论怎样，我没有太多选择：的确，应该保证生活啊！

在刚入职的几天，我在《新观察家》(Nouvel Observateur)很不自在。这是委婉的说法。然而，在接下来的好几年间，我的名字都与这家我所厌恶的出版物联系在一起。我一直没能接受这一状况：我再一次走错了方向。这不仅是一种简单的讨厌，而是一种深深的抗拒感。一个大学的小团体将这本期刊的文学专栏看作自己的势力范围，并且以不知羞耻的方式利用它来达到自己的目的，试图将自己的反动思想倾向强加给整个政治—知识界并试图领导之。他们每时每刻都将攻击的矛头指向所有出众的、使之相形见绌的人，他们反对所有已经是或者试图保持左派身份的人。我的存在阻碍着他们的计划。我的每篇文章、每次访谈，都能激起他们的愤怒，这愤怒有时通过批评指责来表现，有时则是威胁（知识分子的生活在放大镜下总不是那么漂亮。事实总不会像我们试图进入知识圈时对它理想化的预想那样美好）。在经过一系列让我胆战心惊的争执和冲突之后，我决定不再将自己的精力花在这些耗人的、没有结果的争吵上。自那以后，我便将这份工作仅仅看作一个谋生方式，我将利用它带来的工资来撰写著作。在缕清思路之后，这些艰难的经历对我来说成为一种特殊的推动力：它们促使我转向新的目标；它们促使我调动自己所有的精力，再次进行一次自我改造。

我开始渴望创作文学作品：1980年代中期到后期，我开始写两部小说，在这上面花费了很长时间。头一个计划的灵感来自我与杜梅吉尔、与福柯的关系及对话，我想在其中描绘通过友谊联系在一起的三代同性恋者。三个时代，三种生活：它们之间有不变，也有变化。我写了一百页左右。或者更多一些。直到我感到难以继续，将这沓纸搁置在橱柜里。有时，我会重新看看"我的小说"（我这样称呼它），想象自己有一天可以完成它。唉！当我读到艾伦·霍林赫斯特（Alan Hollinghurst）的《泳池图书馆》(*The Swimming–Pool Library*) 这本和我的小说相似的书时，我折服于作者的高超技艺，并了解了自己的草稿与一部成熟的作品之间的距离有多远：于是我将自己的稿子扔进了垃圾桶（字面意义上的）。第二本书的主角是一对恋人，灵感来自本杰明·布里顿（Benjamin Britten）和皮特·皮尔斯（Peter Pears）的创作，当女主角陷入恋情时，小说将围绕创造性活动展开。当时，我对布里顿产生了强烈的兴趣，尤其是他的歌剧（往往使用皮尔斯的声音），包括《彼得·格赖姆斯》(*Peter Grimes*)、《水手比利·巴德》(*Billy Budd*)、《命终威尼斯》(*Death in Venice*)，等等。我是否缺少毅力？或是创作小说的才华？或者更简单地因为我知道自己没把这件事当真？在难以放弃的旧时野心的激励下，我开始亦步亦趋地写起来。我幻想自己是一名作家，但我成为作家的条件却不成熟。逐渐地，我放弃了这一文学梦想，但我从没有真正忘记它：有时我还是会遗憾没有足够的耐心和能力将这条路走下去。

这些流产的尝试有一个共同点：在两次尝试中，我的主题都指向了同性恋历史和同性恋主体性。奇怪的是，我从没想到要记述关于社会阶级的故事，我本可以描写，比如说，一个远离家庭的平民阶级少年的故事，在此框架内还原两代或者三代人的生活，包括那些让他们分离的东西，以及让他们无论如何仍然聚合在一起的东西。不管怎么说，我没能在虚构文学领域走得更远，于是我转而投入到吸引我很久，但我一直没有付诸实践的领域：书写知识分子的生活，书写思想的历史。首先是两本采访录（与乔治·杜梅吉尔，以及克劳德·列维-斯特劳斯）。一开始，这只是我记者职业的延伸。但跨越至书籍的尺度时，一切都不同了。当我在1986年完成第一本书时，杜梅吉尔建议我写一本福柯（于此前两年逝世）传记。在写作的最初阶段，他给了我大量信息和资料，以此来帮助我，直到他本人也撒手人寰。这部著作对我来说是在那样一个时代致敬福柯的方式：那时，他的名字和作品被一些新保守主义小团体侮辱和诽谤，他们大肆占领所有发声途径，这使得他们可以让众人相信所有人都接受他们的意识形态主张和对他人的中伤，甚至，就像他们自己声称的那样，从那时起，一种新的"范式（paradigme）"就开始统治各个社会科学了（但它只是一种使用武力的倾向而已）。这本不合时宜、野心勃勃的著作获得了成功，而且我相信，它在当时刚开始在公共空间兴起的对当时流行的反革命意识形态的反抗中起着重要作用。它当时就被翻译到多个国家。它的成功让我开始受到许多研讨会和讲座的邀请……渐渐地，记者生涯离我远去，或者更准确地说，是我开始离它远去。当然，我每年仍会发表几篇文章，做几场采访，但频率越来越低，自那以后，我把几乎所有时间都用来写作或者赴国外大学参加活动。我改了行。这一新生活让我被归为善于革新学术景观的作者之列，尤其是那种善于挖掘在很大程度上被学术界忽视的问题的作者。我想要成为这一运动中永恒的一部分。我开始创作更加理论化的作品，第一本被出版的是《关于同性恋问题的思考》，之后是《少数派道德》。

当时我花了一些时间才得以用自身的方式思考问题。因为，如要感到自身的合法性，就必须被自己的过去、被社会、被组织机构承认。虽然年轻时有一些疯狂的幻想，但对我来说，认为自己有能力（被社会赋予权利）写书而且还是理论书籍，并不容易。梦想是梦想，现实是现实。要使两者重合不仅需要顽强的意志，有利的时机也同样是必要的。童年时，我家里面是没有书的。与萨特在《文字生涯》(Les Mots)中描述的相反（这是一本针对青年时期的自传，目的是还原他内心的"召唤"甚至是"责任"的历史，也就是一种投身于文学和哲学的社会宿命），我并不被"需要[1]"。写作对于我来说不是早已存在于我的玩具和积木塔中的，一种来自未来的召唤，不是在大人们惊愕而慌张的目光中说出早熟的话语，它不是一种在多年之后定会浮出水面的召唤。相反！另一种宿命等待着我：我必须拉回自己的欲望以便它能与我的社会可能性相符。所以我必须抗争（首先要对抗自己），来适应学校生活，来为自己创造那些他人在出生前就已经被赋予的权利。对于一些优等阶级来说显而易见的人生坦途，我却需要独自在黑暗中探索。甚至，在很多时候，我需要自己开辟道路，因为许多已经存在的道路对像我一样的人并不开放。我在1990年代中期获得的新身份以及我当时所处的新的国际化环境，对我的作用就相当于阶级习惯和中学、大学直达通道对另外一些人的作用，他们在生命历程的早期便获得了这些，而我在很久之后才获得它们。

于是我开始将许多时间花在旅行上面，欧洲、拉丁美洲，尤其是美国：我在芝加哥做讲座，我在纽约哈佛大学参加研讨会，我在伯克利教书，我到普林斯顿出差……

1　[法]让-保尔·萨特(Jean-Paul Sarte):《文字生涯》(Les Mots)(1964)（巴黎: Gallimard, "Folio", 1977)，页139。

耶鲁大学授予我一项奖励。我在思想史、同性恋研究、弱势群体主体性研究方面的著作使我获此殊荣，这是拥有社会最底层阶级出身的我从来没想到有一天会到达的层次，而我的阶级出身也的确几乎没有给我提供可以到达这一高度的机会。

2

在颁发这一奖项时,我应该发表一段正式的演讲。当人们询问我演讲的题目和内容时,我决定以批判的方式重读那些使我获此荣誉,并将我带至这场典礼的旧作。我想反思我们利用当前社会中即有的理论与政治范畴来重建历史的方式。我首先提到父亲的去世,然后是我与母亲共同翻看旧照片的时刻,以及我看到每张照片时重新记起那个过去生活过的世界……在描述过我作为工人儿子的童年生活之后,我自问,我为什么从来没有想到、没有欲望要反思这段历史,或者在这段历史的基础上来思考问题。我引用了一段安妮·埃尔诺的访谈,这段内容让我很有感触:当被问到布尔迪厄的著作对她的工作有何影响时,她讲道,她很年轻的时候就走上了文学的道路,她曾在自己 1962 年的日记中写道:"我要为自己的出身雪耻!"这里的意思是,她要为自己作为"被统治者"的社会身份雪耻。对于如何实现这一计划,她还在犹豫。几年之后,在 68 运动时,她读到《继承者》(*Héritiers*),勾起了她个人经历和教育经历中的痛楚,这本书对于她来说就像"一道秘密指令",告诉她"沉入"自己的记忆,"书写在自己阶级身份提升的过程中感受到的痛苦,以及羞耻,等等"。

就像她一样，在政治运动以及伴随它发生的理论界大动荡的背景中，我感到有必要"沉入"自己的记忆，通过写作"为自己的出身雪耻"。但这里说的是另外一种出身，所以我探索的也是另外一片记忆。因为集体运动为个体提供了将自身建构为政治主体的方式，所以集体运动同时也为个体提供可供理解自身的概念范畴。这种阅读自己的方式当然会被用来分析现在，但也会被用来分析过去。政治与理论的范式可以给人们提供看待自己的方式，从而创造了一种既是集体的，也是个人的记忆：我们以现代政治为坐标来回望历史，对统治与压迫的方式进行思考，对自我的改造和抵抗行为进行思考（无论这些改造与抵抗是自觉的还是日复一日的无意识实践）。这种记忆框架（政治的）在很大程度上定义了作为孩童的我们以及我们所经历的童年。

但是，哈布瓦赫（Halbwachs）已经让我们注意到了这个问题，如果说集体记忆（也就是我们所属的团体的集体记忆，或者我们因为认同从而参与建设的团体的记忆）是个体记忆的前提条件，那么下列事实也同样真实：每个个体会属于多个集体。这种现象有时是相继的，有时是同时发生的[1]。这些团体有时会相交；它们总是在不断演变，不停地改变形态。集体记忆也是如此，而且，与之相伴的个人记忆和个人历史不仅不是唯一的，而且是变化着的。它们产生于多样、异质的时间和空间中，想要让它们变得整齐划一，或者通过宣布哪些是重要

---

[1] 参看［法］莫里斯·哈布瓦赫（Maurice Halbwachs）：《记忆社会框架》（*Les Cadres sociaux de la mémoires*）（1925）（巴黎：Albin Michel，1994）；《论集体记忆》（*La Mémoire collective*）（1932—1938年手稿，由Gérard Namer出版社出版）（巴黎：Albin Michel，1997）。

的、哪些是不重要的来对之进行分级的尝试都将徒劳无功。总之，安妮·埃尔诺于1974年出版的第一本书《空壁橱》(Les Armoires vides)不仅提到她童年及少年时期的社会环境，还讲述了一位20岁少女的创伤性经历，一次非法堕胎[1]。在她生命中的某一时刻，一个写作计划在她内心萌生，也就是回顾所有她过去"认为是耻辱所以深藏起来"的一切，而这一切如今变得"值得被重新回忆"；当她后来在《悠悠岁月》(Les Années)中回忆这一时刻时，她特别强调了那些"洗去耻辱印记的记忆"为她勾勒了一个文学、知识以及政治的前途，她可以在未来重新解读自己各个阶段的轨迹，以及她个性的不同构成维度："为女性获得合法堕胎权而抗争，反抗社会不公，以及理解她自己是如何变成今天的她，这些事情对于她来说是同一回事[2]。"

1960到1970年代，当时我在读书，马克思主义或者至少是左派统治了法国思想界，其他类型的"斗争"似乎都变得"次要"，甚至被称作"小资产阶级分散大众注意力的伎俩"，他们想将注意力从"真正"的战斗，唯一值得关注的战斗，也就是工人阶级的战斗上面移走。我们称之为"文化"的这场运动（它强调了所有马克思主义搁置的问题，如性别、性向主体化，以及种族相关的主体化问题……因为马克思主义的关注点局限于阶级压迫）提出了其他出自社会经验的问题，同时在很大程

---

[1] ［法］安妮·埃尔诺(Annie Ernaux)：《空壁橱》(Les Armoires vides)（巴黎：Gallimard，1974）。
[2] ［法］安妮·埃尔诺(Annie Ernaux)：《悠悠岁月》(Les Années)（巴黎：Gallimard，2008），页121。

度上忽视了阶级压迫的问题。

但为什么我们需要选择不同的战斗方式来对抗不同的压迫机制？如果说我们所在的位置处于多个社会宿命的交叉处，也就是说我们拥有多个"身份"，多种受奴役的方式，为什么我们在知道任何运动最初和首要的原则就是造成社会分化的情况下，一定要只选择其中的一个作为我们政治主张的核心出发点呢？是否正是那些将我们建构为政治主体的理论与主张没有赋予我们建立起包罗万象的理论与主张的能力，没有赋予我们将所有压迫的领域、所有统治的形式、所有来自低等身份的召唤、所有面对侮辱性称呼而产生的羞耻感等全部包容进理论场域和实践场域的能力？我们的理论是否可以使得我们准备好接受所有新的运动（新的运动指关于政治舞台上出现的新问题和我们从未听过、从未预料到的新主张的运动）[1]？

这次在耶鲁大学的会议对我来说是一次真正的考验，其中一个原因在于，当时我处于一段新旅程的关键时刻。当时我刚刚宣布自己决定重新拾起那本我在父亲去世不久之后开始创作（我当时立刻决定将书名定为《回归故里》），但没几个星期之后就放弃了的书（当时我感到无法完成这项工作）。我开始疯狂地阅读所有可能与这一主题相关的资料。我知道这样一个计划（关于"回归"的写作）只有通过一定的媒介才能很好地完成，我应该将之（媒介）称为过滤器、文化参照：文学的、理论的、政治的……这些参照帮助我思考并组建我想要表

---

[1] 迪迪埃·埃里蓬于 2008 年 4 月 9 日在詹姆斯·罗伯特·布鲁德纳纪念奖颁奖典礼现场发表的演讲：《叛逆的孩子：一种属于国民的政治理论》（*The Dissenting Child: A Pilitical Theory of the Subject*）。

达的东西,但它们尤其中和了过重的情感负担,如果在没有这层过滤系统的情况下直面真实,我将不堪重负。但我向自己保证,除非我完成了最后一章,否则我不会阅读雷蒙·威廉斯的《边境乡村》(*Border Country*)[1]。我预感到他的著作会给我施加过重的影响。所以我等待。今天我完成了写作,也读完了那本书。书中"情节"起始于一位伦敦大学的教授得知自己的父亲心脏病发作,将不久于人世。他赶忙乘上火车。故事以倒叙的方式讲述,从他作为威尔士平民阶级孩子的童年生活,到他在举行丧事之前回到家里,中间部分,他描述了自己如何远离自己的出身之地,以及他因此必然感受到的痛苦和羞耻,以及他在"回归"之后感到必须在精神上重新回顾自己的童年和青少年生活。

在故事的中段,我们当然看到,他在父母的支持下,离开家庭去大学读书,而他的父母也深知他们的努力和付出只会以儿子的离开为结局。在最后一页,主人公明白,他不可能再"回归",不可能消除那么多年建立起来的隔阂。我们至多可以通过将现在与过去连接起来,与自己和解,与自己曾离开的世界和解。他以非常节制的方式宣称,他"度量了这距离",而且,"通过这种度量","我们结束了自己的流亡"。

他说得有道理吗?我不能准确判断。我知道的是,在读到小说的结尾,也就是儿子得知父亲(他本来有足够的时间与他重新建立那消失的,或者只是被忘却的情感连接)去世时,我的双眼噙满了泪水。我要哭了吗?为什么而哭?为谁而哭?小说中的人物吗?还是我的父亲?我很伤心,我回忆起自己的父

---

[1] [英]雷蒙·威廉斯(Raymond Williams):《边境乡村》(*Border Country*)(1960)(Cardigan: Parthian, "The Library of Walse", 2006)。

亲，遗憾没能再见他一面。遗憾过去没有试图理解他。遗憾过去没有试图和他沟通。事实上，我在遗憾自己任凭这个暴力的世界击败自己，就像它曾击败父亲一样。

几年前，由于我再一次没有了稳定和充足的收入，于是很自然地想办法进入法国的大学工作。我的著作和我在美国的教学经验给了我进入大学的资格。绕了一个大圈子之后，我重新来到这片空间，这片我在1970年代末因为社会身份不够格而被迫离开的空间。今天我成了这里的教师。当我告诉母亲我获得了这个职位，她激动地问道："你做什么科目的老师？哲学吗？"

"是社会学。"

"这是什么？它是关于社会的吗？"

图书在版编目（CIP）数据

回归故里 /（法）迪迪埃·埃里蓬著；王献译. --
上海：上海文化出版社，2020.2（2024.5重印）
ISBN 978-7-5535-1851-0

Ⅰ.①回… Ⅱ.①迪… ②王… Ⅲ.①回忆录—作品集—法国—现代 Ⅳ.①I565.55

中国版本图书馆CIP数据核字(2020)第006553号

"RETOUR A REIMS" by Didier Eribon
© Librairie Arthème Fayard 2009
CURRENT TRANSLATION RIGHTS ARRANGED THROUGH DIVAS INTERNATIONAL, PARIS 巴黎迪法国际版权代理
本书中文简体版权归属于银杏树下（北京）图书有限责任公司

图字：09-2019-1090号

出 版 人	姜逸青
策　　划	后浪出版公司
出版统筹	吴兴元
编辑统筹	朱 岳　梅天明
责任编辑	任 战　葛秋菊
特约编辑	刘苗苗
版面设计	张宝英
封面设计	墨白空间·张静涵
营销推广	ONEBOOK

书　　名	回归故里
著　　者	［法］迪迪埃·埃里蓬
译　　者	王 献
出　　版	上海世纪出版集团　上海文化出版社
地　　址	上海市号景路159弄A座3楼　201101
发　　行	后浪出版公司
印　　刷	北京盛通印刷股份有限公司
开　　本	889×1194　1/32
印　　张	5.75
版　　次	2020年5月第一版　2024年5月第十二次印刷
书　　号	ISBN 978-7-5535-1851-0/I.724
定　　价	48.00元

后浪出版咨询（北京）有限责任公司　版权所有，侵权必究
投诉信箱：editor@hinabook.com　　fawu@hinabook.com
未经许可，不得以任何方式复制或者抄袭本书部分或全部内容
本书若有印、装质量问题，请与本公司联系调换，电话010-64072833